글 김현[illegible]

저자 김현[illegible] 쓰는 사람이다. 한국을 대표하는 범죄 누아르 영화 〈악마를 보았다〉를 시작으로 〈신세계〉, 〈브이아이피〉, 〈시간 위의 집〉, 〈살인소설〉, 〈뷰티풀 데이즈〉, 〈마녀 Part 1. The Subversion〉, 〈낙원의 밤〉, 〈미드나이트〉 등 많은 한국 영화를 제작한 (주)페퍼민트앤컴퍼니의 대표이사이자 프로듀서이다.

(주)소프트뱅크벤처스 콘텐츠투자 부문 이사, 산수벤처스(주) 대표이사를 역임한 벤처캐피털리스트이며, 한국 역대 박스오피스 1위 작품인 〈명량〉을 비롯하여 〈국제시장〉, 〈설국열차〉, 〈수상한 그녀〉, 〈괴물〉 등 많은 흥행작에 투자자로 참여했다.

영화 이외에도 공연, 패션쇼 등 다양한 문화 콘텐츠를 기획, 제작했다.

여성 잡지, 패션 잡지, 스포츠신문에서 기자 생활을 했고, (주)소프트뱅크미디어에서 발행한 디지털 경제 · 문화 매거진 enable 편집장으로 2000년대 닷컴 벤처 붐의 중심에 있었다.

전자공학을 전공했다. 첫 직장은 실리콘밸리에 본사를 둔 글로벌 IT 기업의 엔지니어였으나 3개월 만에 사표를 던진 것을 시작으로 10여 차례 취직과 사직을 경험했고, 일찍이 창업과 폐업을 반복하며 드라마틱하게 살았다.

최애 영화 〈록키 호러 픽쳐 쇼〉의 말미에 나오는 '꿈꾸지만 말고 행동하라'는 문구를 인생의 모토로 삼고 있다.

현재 영화 〈마녀 Part 2. The Other One〉이 개봉됐으며, 아울러 또 다른 새로운 도전을 준비 중이다.

본문 일러스트 김성욱 | 디자인 ZINO DESIGN 이승욱

김현우 지음

너와숲

프롤로그

왕가위 감독의 기이한 무협영화 〈동사서독〉에는 '취생몽사醉生夢死'라는 술이 나옵니다. 매년 경칩이면 동쪽에서 찾아오는 검객 황약사가 사막 객잔의 살인청부 중개인 구양봉에게 말합니다.

"마시면 지난 일을 모두 잊는다고 하더군. 인간이 번뇌가 많은 까닭은 기억력 때문이란 말도 하더군. 잊을 수만 있다면 매일이 새로울 거라 했어. 그렇다면 얼마나 좋겠어."

오랫동안 술을 마시지 못하고 있습니다. 그럭저럭 잘 버텨오다가 수년 전 간에 문제가 생겼습니다. 살아남기 위한 강제 금주! 술과 영화에 관한 책의 저자로서는 왠지 결격사유 같은 느낌도 듭니다. 고백하건대 술만 마시지 않은 것이 아니라 영화도 잘 안 보고 글도

거의 안 쓰면서 세월을 보냈습니다.
그러다가 문득, 질풍노도의 시기도 아닌데 갑자기
바람이 불어닥쳤습니다. 그게 올해 초의 일입니다.
급한 성질답게, 지금 반쯤 터진 벚꽃망울을 바라보며
마지막 원고인 서문을 쓰고 있습니다.

이 책에 묶인 글 대부분은 과거 어느 주간지와 일간지에
연재했던 '술과 영화' 칼럼 중 일부를 수정하고
보완한 것입니다. 이번 작업을 하며 돌이켜 보니,
제 생애에서 가장 많은 술을 마시고 영화를 몰아봤던
때가 그즈음 같습니다. 그 시절 사용하던 이메일
아이디는 '디오니소스'입니다.
연재 당시에도 단행본으로 출간하자는 이른 권유를
받긴 했습니다. 나름 목차 정리도 좀 해보다가 그냥
미뤘습니다. 술을 너무 많이 마셔서 그랬을까요?

그 후 오랫동안 잊고 있었습니다. 앞서 불어닥친 '바람'은 한동안 나태했던 삶에 대한 자기반성의 다른 표현입니다.

저자 소개에 적힌 '영화 만드는 사람'이라는 표현이 아직 어색합니다.
솔직히 병기된 '글 쓰는 사람'이 더 마음 편합니다.
하지만 순서를 바꾸지 못한 이유는 어떤 책임감 때문입니다. 이 글을 쓰는 지금 이 순간에도 제가 프로듀서로 참여한 영화가 촬영 중에 있고, 앞으로도 새로운 영화들이 계속 만들어져야 하기 때문입니다.
어쩌다 보니 그저 묵묵히 열심히만 하면 되는 입장이 아니게 되었습니다. 맨 앞에서, 수단과 방법을 가리지 않고, 한 편의 영화가 크랭크인 되게 만들어야만 하는 위치에 있습니다. 그래서 '다른 일'에 시간과 노력을 할애하는 것에 대해서 함께하는 영화 동료들에게 왠지 미안한 마음이 들었기 때문입니다. 하지만 뻔뻔스럽게 이해를 구하고자 합니다. 이 사람에게 글을 쓰는 일은, 영화 이전에 만난 첫사랑 같은 행위입니다.

엇갈린 사랑의 상처가 담긴 영화 〈동사서독〉에는 멋진 대사가 참 많습니다. 술 마시고 과거 따위 잊어버리자고 해놓고는 전혀 다른 말도 합니다.

"잊으려고 노력할수록 더욱 선명하게 기억난다."

"가질 수 없는 것에 대해 할 수 있는 유일한 일은 그것을 잊지 않는 것이다."

우연한 행운을 만나 20대에 첫 책을 냈습니다.

그 후 이것저것 참 많이 하면서 살았습니다. 하지만 두 번째 책을 내기까지의 긴 공백은 여러 논리적인 핑계에도 불구하고 결국 게으름의 소치입니다. 못다 이룬 사랑은 잊으려고 노력할수록 더욱 선명하게 기억난다고 합니다. 가질 수 없었던 무언가를 그냥 포기하기보다는 다시 노력해보기로 했습니다. 나이가 들며 새롭게 알게 된 사실은, 나이가 든다고 변하는 것은 아무것도 없다는 것입니다. 더 많이 읽고, 더 많이 보고, 더 많은 영화를 만들고, 다시 글을 쓰기로 마음먹었습니다. 이 책은 그러한 '각성'의 과정에서 파생된 의외의 선물입니다.

이 책은 술이나 영화에 관한 깊이 있는 전문서적이 아닙니다. 좋은 영화를 리뷰하거나 강력하게 추천하는 내용도 아닙니다. 그저, 아무런 사전지식 없이도 편히

읽을 수 있는 가벼운 에세이입니다.

사실 또다시 세상에 내놓을 가치가 있는 글들인지 뒤늦은 두려움도 있습니다. 다만 이 책을 접하게 될 독자들이 작게나마 '읽는 재미'를 얻을 수 있기를 바라며 '이기적인' 용기를 내봅니다.

이 글을 읽으시는 모든 분들께 감사드립니다.

2022년 5월 대청마을에서
김현우

차례

PART 2

PART 3

PART 1

술 취한 한국 영화들의 재미있는 뒷이야기

기억하시나요? 그 시절 가장 특별했던 사랑을

"과연, 사랑이란 무엇일까요?"

이런 질문으로 시작하는 영화를 기억하시는지.
그래도 마음이 안 놓였는지 영화 첫머리에
'이제 사랑을 시작하는 모든 이들에게'라는 문구도
굳이 박아놓았다.
〈나의 사랑, 나의 신부〉 이야기다.

결혼에 골인은 했지만 남남의 만남은 역시 문제가 많은
법. 알콩달콩 깨소금 행복이 절반이라면, 나머지는
'지지고 볶고 울고불고하는' 각종 트러블이 차지한다.
하지만 리얼하게 그려진 소꿉장난 같은 신혼 재미는

당시 어렸던 나에게도 '결혼하고 싶다'라는 영화
감상평을 쓰게 만들었다.
나에게 인생 영화를 묻는다면, 외국의 고전 명작들이
우선 떠오르는 것이 사실이다.
그런데 나는 배창호 감독의 〈기쁜 우리 젊은 날〉과
〈나의 사랑, 나의 신부〉도 항상 빼놓지 않는다.
두 영화가 담아낸 한국인의 따뜻한 정서와 사랑의
감동은 그 어떤 외국의 명작들도 흉내 낼 수 없다고
생각해서다.

영화는 사회 초년생인 소설가 영민(박중훈)과
미영(최진실)의 결혼식으로 시작한다.
작은 출판사의 말단직원 월급으로 겨우 마련한
변두리 단칸방이 그들의 신혼집이다.
퇴근 후 남편 회사 동료들이 쳐들어온다는 연락을 받은

미영은 부랴부랴 집들이 상차림에 나선다.
마지막 순서는 역시 동네 슈퍼마켓에서 술을 사는
일이다. 이때다 싶어 비싼 양주를 권하는
슈퍼 아줌마에게 미영은 '쇠주나 몇 병' 달라고 말한다.
그 순간 남편과 직장 동료들이 슈퍼 안으로 밀어닥친다.
눈치 없는 슈퍼 주인은 미영에게 묻는다.
"새색시, 소주 다섯 병이면 되겠어?"
당황한 미영은 이렇게 외친다.
"아줌마, 누가 소주 달라 그랬어요?
썸싱 세 병 주세요…, 스페샬."
미영의 입에서 돌발적으로 뒤에 튀어나온 그 술이
바로 '썸싱스페셜'이다!

스카치위스키 중 블렌디드 위스키에 속하는
썸싱스페셜은 사실 이름처럼 고급스러운 술은 아니다.

썸싱 스페셜
SOMETHING SPECIAL
SOMETHING SPECIAL
스카치 위스키
SPECIALLY SELECTED
Scotch WHISKY
썸싱 스페셜
1793

위스키에도 등급이 있다. 발렌타인 17년산,
로얄살루트 등 숙성 기간 15년 이상의
슈퍼 프리미엄SP급, 발렌타인 마스터스,
임페리얼 15년 등 디럭스D급, 윈저 12년 등
프리미어P급 등으로 구분된다.
이제 더 이상 '스페셜'하지 않은 썸싱스페셜은,
사실 태생부터도 가장 가격대가 낮은
스탠더드S급이다. 하지만 영화가 개봉된
1991년 당시 썸싱스페셜은 이름 그대로 아주
특별한 술이었다. 광고 카피도 한껏 오만했다.

'많은 분들께 제공해드리지 못해 죄송합니다.'

그야말로 격세지감이 느껴지는 술의 팔자가
아닐 수 없다.

오래된 영화를 볼 때 놓칠 수 없는 재미가 그 시절의 생활상과 문화를 읽는 일이다.
사랑에 관한 좋은 영화 〈나의 사랑, 나의 신부〉에서 재치 있게 활용한 것이 국산 양주 브랜드였다.
썸싱스페셜은 우리의 과거 어느 시절, 가난한 새댁의 남편 사랑과 귀여운 자존심이 담긴 '특별했던 술'로 기억된다.

시詩로 만나는 넘버원 위스키 브랜드

텅 빈 아파트에서 한 여자가 막 탈고한 자작시를 낭송한다. 시의 제목은 '미스터 발렌타인'.

그이는 서른
그이를 한 잔 마시고 나는 어지럽다.
바람은 유리창을 두드리고
창밖엔 사시미를 들고 밤거리를 헤매이는
미치도록 환장한 저놈의 초승달
내 나이는 스물아홉
섹스는 끝났다.

눈치 빠른 사람이라면 시에 나오는 '그이'가

스카치위스키 '발렌타인 30년산'임을 쉽게 알 것이다. 아마도 그 시가 쓰였을 작은 테이블 위에는 담배꽁초 가득한 재떨이와 하얀 노트, 그리고 위스키 한 병이 놓여 있었을 것이다.

조직폭력배가 주인공으로 나오는 영화답게 〈넘버3〉에는 다양한 술이 등장한다. 룸살롱에서 마시는 양주에서 포장마차 소주까지. 술자리에 맞게 주종도 그때그때 달라진다. 포장마차에서 봉변을 당한 조폭 넘버쓰리 태주(한석규)는 퇴근길 차 안에서 라디오를 듣는다.

'…방송을 마치고 집에 들어가면 새벽 2시입니다. 제가 샤워를 하는 동안 아내는 차가운 포도주를 준비하죠….'

바로 다음 장면, 라면을 먹는 태주 앞에 레드와인이 놓여 있다. 하지만 호스티스 출신 시인 지망생 현지(이미연)가 시로 읊은 발렌타인 30년산은 〈넘버3〉에 등장하는 많은 술 중 단연 군계일학이다.

6년산에서 30년산에 이르는 다양한 제품군을 가지고 있는 발렌타인 브랜드는 고급 술의 대명사다. 1827년 스코틀랜드의 19세 청년 조지 발렌타인이 처음 만들었다. 특히 전 세계의 상류사회에서 꾸준한 사랑을 받아온 이른바 귀족 술이다. 같은 스카치위스키 브랜드인 조니워커나 시바스리갈과 비교하더라도 왠지 더 고급스러운 이미지와 대중적인 친밀도를 함께 지니고 있다. 발렌타인은 그 이름만으로도 '넘버원'의 향취가 물씬 풍긴다. 한정수량만 공급된다는 발렌타인 30년산이 가진 상징적인 의미는 더욱 특별하다.

BALLANTINE'S
AGED 30 YEARS
넘버 3

2000년대 초 한 국정감사에서는 "모 카지노가
VIP 고객을 접대하기 위해 발렌타인 30년산
1600여 병을 6억 7천여만 원을 들여 구입했다"라는
희귀한(?) 사실이 밝혀지기도 했다.
언젠가 영국 본사에서 한국인의 입맛에 맞게 특별히
블렌딩한 '발렌타인 마스터스'까지 출시하기도
했으니 '넘버원'에 대한 우리 민족의 사랑이
얼마나 각별했는지 알 수 있다.

우리 사회에 만연한 삼류 행태들을 기막히게
조롱한 명품 영화 〈넘버3〉에는 의미심장한 명장면과
명대사가 많다.
가장 기억에 남는 것은 '도강파 넘버3' 한석규의
자조적인 명언이다.

“세상에 넘버원이 어딨냐 다 삼류지.
세상도 인간도 다 넘버쓰리야.”

기품 있고 세련된 위스키 발렌타인 30년산은
영화 〈넘버3〉에 나오는 ‘확실한’ 넘버원이다.

그 시절의 소주를 어디에서 찾았을까

소주라고 항상 만만하게 마셨던 것은 아니었다.
언젠가 갑작스러운 '소주 대란'이 예고된 적이 있다.
시장 점유율 1위의 소주 생산업체 진로의 노동조합이
부분 파업에 돌입했기 때문이다. 당시 모 방송사 앵커는
자못 걱정스러운 어투로 뉴스를 전했다.

"불황을 맞아 답답한 심정을 소주로 달래는 분들이
많은데, 이제 그마저 힘들어졌습니다."

이 무슨 호들갑이었을까.
우리는 그때 이미 다양한 소주 브랜드를 가지고 있는
나라가 아니었던가.

특정 업체의 파업으로 뭔 그리 큰일이 일어난단 말인가. 하지만 한때 90퍼센트를 넘나드는 시장 장악력을 가졌던 진로의 파워는 우리 모두의 생각 이상이었나 보다.

언젠가부터 휘발유 냄새 물씬 풍기는 '클래식한' 진로 소주는 거의 보기 힘들어졌다. 소주의 도수는 점점 하향곡선을 그렸고 다양한 브랜드가 연이어 나왔다. 하지만 원조의 위력은 도수가 약해진 프리미엄 소주 시대에 이르러서도 계속됐다. 그러한 진로의 전통이 일제강점기인 1916년에 시작됐다는 사실을 알면 더욱 놀라게 된다.

손예진의 1인 2역, 그리고 조승우와 조인성의 풋풋한 모습이 돋보였던 〈클래식〉은 현재와 과거를 넘나드는 영화다. 21세기를 사는 여대생 지혜(손예진)는 우연히 엄마 주희(손예진)의 비밀상자를 발견한다.

연극반 선배 상민(조인성)을 짝사랑하는 지혜는
35년 전 엄마의 첫사랑을 만나게 된다.

사극보다 더 만들기 힘든 것이 40~50년 전의 근대를
배경으로 하는 영화다. 뭐든 다 새로 만들어야 하기
때문에 무엇보다 제작비가 많이 든다.
그 시대의 분위기가 물씬 풍기는 소품을 구비하는 것도
생각처럼 쉽지 않다.
그 시절을 생생히 기억하는 관객이 많기에 자칫
방심했다가는 고증 문제로 욕먹기 십상이다.
수준 높은 한국 관객들은 '옥의 티'를 귀신같이
찾아내기 때문이다. 아무튼 사소한 소품 하나라도
그 시대의 리얼리티를 살리기 위해 노력해야 한다.
그런 측면에서 〈클래식〉은 무척이나 대견스러운
영화였다. 그럼 이쯤에서 영화 속으로 들어가 보자.

국회의원 집안의 귀한 딸 주희는 여름방학을 맞아 시골
외삼촌 집에 놀러온 까까머리 고교생 준하(조승우)에게
"강 건너 귀신 나오는 집에 데려다 달라"고 부탁한다.
워낙 멋진 장면이 많은 영화였지만, 흉가의 여기저기를
둘러보던 두 사람을 비명 지르게 했던 걸인 남자를
기억할 것이다. 그런데 혹시, 그 남자의 손에 들려 있던
뭔가를 눈여겨본 분이 있을지 모르겠다.
×눈에는 뭐만 보인다는 옛말이 있다.
내 눈에는, 클로즈업도 되지 않았던 작은 소주병이
왜 그리 도드라지게 보였을까.
지금은 하이트진로주식회사로 이름이 바뀌었지만
대충 20여 년 전 진로그룹 시절 회사 홈페이지에는
'진로 갤러리'라는 코너가 있었다. 제품의 변천사를
보여주는 그 코너에서 제일 먼저 만날 수 있는 술이
1967년 1월부터 1974년 12월까지 생산됐던 희석식

CLASSIC
진로

소주다. 1968년 한국 소주 사상 최초로 해외에
수출된 제품이라고 자랑스럽게 명기되어 있었다.
바로 〈클래식〉에 등장했던 걸인의 술이다.
손예진과 조승우의 애틋한 로맨스가 펼쳐졌던
시간적 배경도 1968년 여름이었다.
실로 정확한 고증이 아닌가!
이렇듯 한 편의 명작을 완성하는 것은 뛰어난 감독과
주연 배우들의 힘만이 아니다. 좋은 영화에는 엄청나게
많은 스태프들과 이름 없는 조역 및 단역 배우들의
드러나지 않는 고민과 노력이 숨어 있다.
스쳐 지나가는 술병 하나에도 이토록 정성을 기울이는
한국의 영화 스태프들에게 진심 어린 박수를 보낸다.

새하얀 꽃잎 속, 은밀한 붉은 꽃밥

환경단체 활동가인 전문대 교수 은숙(문소리)은
이른 아침 환경 관련 방송 프로그램에 출연했다.
인터뷰는 담당 PD와의 뜨거운 정사로 이어졌고,
평소 '지적으로 보이기 위해' 착용하던 안경은
모텔에 남겨진다. 그날 밤, 은숙과 그녀가 가진
은밀한 매력의 추종자인 환경단체 남자들은
언제나처럼 술자리에 모인다. 그날의 화제는
은숙의 안경 벗은 얼굴이다.

"안경은 내가 벗었는데 왜들 좋아서 이 난리실까."
"원래 여자가 벗으면 남자는 정말 좋은 거지."

기묘한 섹스 코미디 〈여교수의 은밀한 매력〉은
지식인들의 위선을 노골적으로 조롱하는 영화다.
성적 뉘앙스가 충만한 제목과 문소리의
가슴 노출을 은근히 내세운 포스터에도 불구하고
정통(?) 에로물과는 거리가 있다. 그래서 일부 관객들
사이에 '과대광고' 논란이 일어나기도 했다.
지역사회 지식인들로 구성된 환경단체 '푸른심천21'
남자 회원들의 관심은 환경보다는 '섹시한' 여성 회원
은숙에게 있다. 남자들은 모두 은숙과 '은밀한' 관계를
맺은 바 있다.
하지만 자유분방한 은숙은 개의치 않는다.
노심초사하는 남자들과 달리 전혀 아랑곳하지 않고
기회가 닿으면 새로운 사랑의 모험을 실행한다.
그런데 자신만만한 은숙을 불안하게 만드는 일이
생긴다.

중학생 시절, 돌발적인 어떤 죽음에 함께 연루됐던
동창 석규(지진희)가 만화과 초빙강사로 심천대에
부임한 것이다. 은숙을 둘러싼 '수컷'들의 질투는
사건을 증폭시키기 시작한다. 마치 홍상수 영화처럼,
〈여교수의 은밀한 매력〉에는 술자리가 많다.
등장인물들은 다른 손님이 아예 없는 좁은 오뎅바를
자기들만의 아지트로 삼는다. 그리고 '개인적으로든
단체로든' 대부분 술에 취해 대화를 한다.
레드와인을 사이에 둔 은숙과 석규의 마지막 술자리는
특별히 인상적이다. 차분히 욕설을 주고받으며
'우리는 다시는 만나서는 안 될 사이'임을 확인한다.
홀로 남은 은숙은 와인을 들이켜며
'나의 몸은 붉은 꽃'이라는 묘한 제목의 시를 짓는다.
더불어 자주 눈에 띄는 술은 산사나무의 붉은 열매로
담근 우리 술 '산사춘'이다.

산사춘
배상면주가
산사나무 열매

토종 술의 대표적 기업인 배상면주가에서 만든 청주로 출시 초기에는 몸에 좋은 술의 이미지를 내세우면서 꽤 인기를 끌었다. 당시 최고 스타였던 이효리를 광고 모델로 기용해 공격적인 마케팅을 벌였던 기억이 난다.

한때 '소백산맥'이라는 폭탄주가 유행한 적이 있다. 소주, 백세주, 산사춘, 맥주를 큰 주전자에 부어 섞은 것이다. 언제 누가 처음 만들었는지는 알 수 없지만 한국 술꾼들의 독창성이 경탄스럽다.

술을 많이 팔기 위해 배상면주가에서 만든 게
아니냐는 '의혹'도 있었다고 하는데, 백세주도
고故 배상면 선생이 창업한 우리 술 기업
국순당의 제품이니 전혀 일리 없는 말도 아니다.
약주이기도 한 산사춘의 주재료는 산사나무 열매인
산사자다. 다양한 유기산과 비타민 C가 들어 있는
작은 사과 모양의 붉은 열매다. 꽃부터 드러내놓고
붉은 꽃을 피우는 서양 산사나무와 달리
토종 산사나무는 눈처럼 새하얀 꽃을 피운다.
하지만 은밀한 부분인 꽃밥만큼은 붉은색이다.
매력적이지만 위험한 여자 은숙처럼,
산사나무는 가시를 지닌 장미과의 낙엽활엽수다.

‘여왕의 술’로 태어나 ‘대통령의 죽음’을 보다

“아니요. 맥주는 좀 싱거운데
노란 거 계속 마시면 안 돼요?”

1979년 10월 26일, 최고 권력자의 호의는 그렇게
무시(?)됐다. 여자들을 위해 순한 술을 권한
각하에게 ‘쿨한 년’ 미스 조(조은지)의 당돌한 답변이
되돌아온 것. 우리는 이미 알고 있었다. 술상 위에 놓인
하얀 도자기 술병 안에 담긴 노란 술의 정체를.
그날 이후 영국산 스카치 블렌디드 위스키
시바스리갈은 ‘박통주’라는 별칭을 갖게 됐기
때문이다.
법원 판결에 의해 3분 50초 분량이 삭제된 채 상영된

〈그때 그 사람들〉은 한국 현대사에서 가장 극적인
사건이 벌어졌던 하룻밤의 기록이다.
박정희 대통령 생애 마지막 날, 마지막 여자,
마지막 술자리…. 고증에 관심이 많은 관객이라면
궁정동 안가의 집사가 묵묵히 들고 들어와 도자기
술병을 채우던 양주병의 시바스리갈 라벨에 미소로
고개 끄덕였을 것이다.
그날 밤의 비극은 〈남산의 부장들〉우민호 | 2019을 통해
다시 한번 스크린에 재현됐다. 백윤식의 뒤를 이어
김재규 중앙정보부장으로 분한 이병헌이 시바스리갈을
콸콸 따르던 장면은 더욱 비장했다.
그런데 술이라면 종류를 가리지 않았다던 박 대통령의
술은 애초에는 양주가 아니었다. 청와대 회식에는 항상
막걸리가 올라왔고, 막걸리에 맥주를 섞은 '비탁'을
만들어 마시기도 했다.

그런 까닭에 '농군의 아들'이라는 이미지가
만들어졌으나, 실제 가장 즐긴 술은
정통 일본 술이었다는 일부의 증언도 있다.
박 대통령이 말년에 '독한' 양주를 찾게 된 것은
특이하게도 "막걸리보다 순도 높은 위스키가 낫다"라는
의사의 권고 때문이었다고 한다.
또한 미국의 닉슨 대통령 또는 먼저 별세한 김동조
전 외무부장관의 권유로 시바스리갈이 '대통령의 술'이
됐다는 설도 있다.
어떤 추종자는 "박 대통령은 시바스리갈 같은
싸구려 양주를 마신 검소한 분"이라는 주장을 인터넷을
통해 펴기도 했다. 시바스리갈은 세계적으로 유명한
스카치위스키 브랜드이지만 중저가 제품인 것은
사실이다.
하지만 시바스리갈을 만든 제임스 시바스가

CHIVAS 12 YEARS REGAL
WHISKY 12 YEARS
CHIVAS REGAL
FOUND 1801
BLENDED SCOTCH
WHISKY

영국 빅토리아 여왕의 식품 공급자였고,
'리갈Regal'이 '왕의Royal'라는 뜻의 형용사라는 사실을
고려한다면 다른 식의 주장을 펼치지 않았을까.
시바스리갈은 1880년대 스코틀랜드의 신흥 무역항
애버딘에서 태어나 '스카치의 왕자'라는 명예를 얻었던
전통 있는 위스키다. 하일랜드 지방의 몰트 원액을
사용해 '달콤한 산의 이슬'이라는 극찬을 받았다.
어느 시점부터는 '전통을 내세우기보다는'
신세대의 술이 되기 위해 노력하기도 했다.
하지만 우리나라에서는 어느 쪽이든 이미지 변신이
쉽지 않을 것 같다.
아직까지 한국인에게 각인된 그 술의 등장 장면이
너무나 생생하기 때문이다.
시바스리갈 하면 어느 대통령의 명예롭지 못한 죽음을
떠올리는 나라… 최고 권력자를 둘러싼 암투와

그날 밤에 울려 퍼진 총성의 기억을 불러일으키는

어떤 술….

굴곡진 한국 현대사가 낳은 아이러니가 아닐 수 없다.

비극의 밤 바닷가, 아카시아 꽃향기

'한번 맛본 사람은 향긋한 아카시아 꽃향기가 나는
뱀술을 영원히 잊지 못합니다.'

어느 건강원 홈페이지에서 발견한 재미있는 문장이다.
그런데 생각만 해도 징그러운 뱀으로 만든 술에서
꽃향기라니! 도저히 안 어울리는 조합 아닌가.
혹시 의심하는 사람이 있을까 싶었는지 '뱀 중에서도
특히 능사와 칠점사가 아카시아 꽃향기를
더해준다'라고 부연 설명하고 있다.
예전에 다니던 초등학교 바로 앞에는 건강원이 죽
늘어서 있었다. 크고 작은 뱀들이 들어 있는 엄청나게
많은 술병들이 대로변에 진열돼 있었던 기억도

생생하다. 요즈음 같으면 가게 문을 닫을 정도로
난리가 났을 테지만 그때는 아무도 문제 삼지 않았다.
도수 높은 소주나 고량주에 다양한 종류의 뱀을 산 채
집어넣고 밀봉한 후 오랫동안 삭힌다는 뱀술은
다소 몬도가네적이다. 남성의 정력에 좋다는 이미지가
있어서인지 요즘은 동남아시아의 퇴폐 관광 코스를
고발하는 TV 뉴스에서나 종종 만날 수 있다.
2011년 미국《포브스》가 선정한 세계 10대
혐오식품에는 중국산 뱀술Snake Wine이 3위에 올랐다.
뱀이라고 하면 사탄의 이미지를 떠올리는
서구 사회에서는 뱀 자체도 문제지만
'살아 있는 뱀'으로 술을 담근다는 사실에 충격을
받았을 것이다.
요즘은 한국에서도 대놓고 뱀술을 팔거나
광고하지 않는다. 단지 의식의 변화 때문이 아니라,

뱀으로 술을 만들고 유통하는 행위를
동물보호법으로 금지하고 있기 때문이다.
그럼에도 불구하고 뱀술은 가끔씩 국위선양의
조력자로 등장한다. 국제대회에서 메달을 딴
운동선수가 뱀술을 보약으로 먹었다고 실토(!)하는
경우가 그렇다. 언젠가는 국제대회에서 만난 북한의
여자 유도 감독이 한국 코치진에게 홍삼과 더불어
뱀술을 선물했다. 뱀의 효능을 신봉하는 데는
남과 북이 한마음이었던 모양이다.
식용으로서의 뱀이라고 하면 떠오르는 집단이 또 있다.
군대, 그중 해병대를 필두로 '특수하다'고 분류되는
부대들이 특히 그렇다. 식량 보급이 끊긴 오지 상황의
생존 훈련에서 뱀은 좋은 단백질 공급원이다.
한편으로는 두려움을 주는 존재인 뱀을 잡아먹는
행위를 통해 강인함을 강조하기도 한다.

최강의 서른한 명을
위하여
실미도
뱀술

세계적인 특수부대 집결지인 대한민국이지만
유사 이래 가장 특수했던 부대는 아마도
684주석궁폭파부대, 일명 실미도부대가 아닐까 한다.
1968년 청와대 턱밑까지 침투해
'박정희 모가지 따러 왔수다'라고 했던
김신조의 북한 특수부대는 남한 사회에 큰 충격을
주었다.
실미도부대는 북한에 보복하기 위해 극비리에
급조한 특수부대였다. 그러나 실미도부대는 비극적인
종말을 맞았고, 그 이야기를 담은 영화가 천만 관객을
동원한 〈실미도〉다.
어느 밤, 가장 비인간적이고 잔혹한 훈련을 겪은
사내들이 모닥불 주위에 둘러앉았다.
훈련 책임자 김 준위(안성기)는 모두의 스테인리스
사발에 직접 술을 채운 뒤 평양 출정을 통보한다.

"사망자들의 영혼을 포함,
최강의 서른한 명을 위하여!"

그날의 '출전주'는 그들이 오기 전
섬의 주인이었을 뱀으로 담근 뱀술이었다.
그날 실미도 밤 바닷가에도
아카시아 꽃향기가 가득했을까.

죽어도 좋은, 멋진 사랑의 힘!

2005년 부산에서 열린 제13차 아시아태평양
경제협력체APEC 정상회의를 통해 새롭게 유명세를
타기 시작한 우리 술이 있었다. 만찬장 건배주였던
상황버섯발효주와 더불어 후식주로 제공됐던
복분자주가 그 주인공이다. 애초 계획에는 없었으나
세계 정상들 앞에서 우리 술을 하나라도 더 홍보하자는
의미에서 뒤늦게 추가됐다고 한다.
특히 100퍼센트 호남에서 생산되는 복분자 열매로
만든 술을 내놓은 것은 지역 안배를 고려한 것이었다고
한다. 복분자覆盆子는 한국, 중국, 일본에서
많이 난다. 복분자를 산딸기의 다른 이름쯤으로 아는
사람도 많은데, 둘은 같은 장미목 장미과에 속하는

낙엽관목이지만 엄연히 다르다. 그해 APEC에서 선보인 보해 복분자주는 그전 해 1월 미국 댈러스에서 열린 와인대회에서 은메달을 수상하는 등 이미 세계 시장을 향한 상품화에 나서고 있었다. 하지만 아무리 산이 많은 나라라고 해도 야생 산딸기 열매로는 물량을 맞추기가 쉽지 않았을 것이다. 안타깝게도 '복분자 한류'는 아직까지 들어본 적이 없기 때문이다. 《동의보감》에는 복분자의 효능에 대해서 "남자의 신기가 허하고 정이 고갈된 것과 여자가 임신되지 않는 것을 치료한다"라고 적혀 있다. 복분자라는 이름은 어느 노부부의 허약한 늦둥이가 복분자를 먹은 후 오줌발이 항아리盆(요강)를 엎을覆 정도였다는 설화에서 유래했다. 어느 남도 특산물전에서 복분자주 코너에 실제 요강을 실험용(?)으로 두었다는 농담 같은 실화가 있는 것처럼, 복분자주는 '정력주'의 대명사로 여겨진다. 굳이 요강 얘기를 하지 않더라도, 복분자주는 오래전부터 '코리안 와인'으로 세계 시장을 공략하기 시작했다. APEC에서 대통령까지 나섰을 정도였다.

세계적인 주류 브랜드들이 영화 PPL을 통해 적극적인 마케팅 공세를 펼쳤다는 것은 이미 잘 알려진 이야기다. 코리안 와인 복분자주 역시 크게 흥행한 우리 영화에 멋지게 등장한 바 있다.

순박한 농촌 청년 석중(황정민)과 에이즈에 감염된 티켓다방 아가씨 은하(전도연)의 순애보를 담은 영화 〈너는 내 운명〉에서다.

시골집 빨간 '고무 다라이' 안에서 보여준 멋진 거품목욕 신. 그때 둘의 손에 들린 와인 잔에 담긴 술이 바로 APEC에서 사용된 동일한 브랜드의 복분자주다. 잠시 후 둘은 벌거벗은 채 방으로 뛰어 올라간다.

다음 날 아침, 두 연인은 이런 대화를 나눈다.

"오빠 너무 밝히는 거 같애. 그러다 죽는 거 아냐?"

"죽어도 좋아."

세계의 어떤 명주 브랜드가 이처럼 기막힌

영화 PPL을 구사했던가.

재미있는 우연은 또 있다. 몇 년 전 어느 예능 프로그램에서 출연진이 자신의 보양식을 말하는 장면을 본 적이 있다. 그때 서장훈이 '보양식의 끝판왕'이라며 자신 있게 추천한 것이 바로 복분자였다. 그 프로그램의 제목은 〈동상이몽2-너는 내 운명〉. 혹시 방송인 서장훈이 영화 〈너는 내 운명〉을 보고 복분자의 효능을 알게 된 건 아닐지 쓸데없는 추측을 해보았다.

딱 맞는 '술 캐스팅'은 우연히 이루어졌다

우피 골드버그 주연의 코믹 드라마 〈미스터 커티〉에
나오는 가상의 남자 '커티'는 스카치위스키
커티삭Cutty Sark에서 따온 이름이다.
존재하지 않는 남자 파트너의 이름을 대야 하는 순간
우피의 시야에 커티삭 술병이 '우연히' 눈에 들어온
것이다(일본 영화 〈웰컴 미스터 맥도날드〉에서 라디오
드라마의 주인공 이름이 갑작스럽게 '미스터 맥도날드'로
바뀌던 장면과 흡사하다).
스코틀랜드가 고향인 위스키 커티삭은 바다 이미지가
강한 술이다. 물론 뱃사람들의 술은 어린 시절
애니메이션 〈보물섬〉에서 익히 보았던 럼주가
먼저 떠오른다. 커티삭에서 풍기는 바다 내음은 노란

라벨 위에 새겨진 실존했던 범선 '커티삭'호의
위용 때문이다. 커티삭은 옛 스코틀랜드어인 게일어로
'짧은 속치마'를 뜻한다. 어원은 18세기 스코틀랜드의
술꾼 시인 로버트 번스1759~1796로 거슬러 올라간다.
로버트 번스의 시 〈태머섄터Tam O'Shanter〉에는 공동묘지
근처에서 속치마 차림으로 춤을 추는 아름다운 마녀를
만난 농부가 등장한다. 농부는 춤을 보다가 자기도
모르게 "잘한다, 커티삭"이라고 소리쳤고,
그 바람에 마녀에게 들켜 쫓기는 몸이 됐다고 한다.
스코틀랜드에서 1869년에 만들어진 쾌속 범선의
이름도 커티삭이었다.
1923년에는 새 스카치위스키 브랜드가 그 이름을
차용했다. 오늘날에도 변함없이 라벨에 그려진 배는
당연히 커티삭호다. 실존했던 배의 이름을 술의 브랜드
네임으로 추천한 직원은 선원 출신이었다.

세계 표준시로 유명한 영국의 그리니치 선착장에 가면
현재 박물관으로 사용되는 커티삭호를 볼 수 있다.
커티삭의 제조사는 '커티삭 범선대회'를 공식 협찬하며
바다와 꾸준한 관계를 맺고 있다.
실존하는 우리 해군의 특수부대인 해난구조대 SSU가
등장하는 해양 액션 영화 〈블루〉에 하필 커티삭이
등장한 것은 재미있는 '우연'이다.
가라오케 술자리에서 납작한 커티삭을 병나발 불던
'최고의 잠수사' 김준 대위(신현준)의 모습.
그리고 그날 테이블 위에 유난히 많이 놓여 있던
범선 라벨의 술병들. 영화 〈블루〉의 PD에게 직접
확인한 바에 따르면, 우연히 커티삭이 PPL 협찬으로
들어왔을 뿐 의도했던 것은 아니라고 한다
(오히려 바다를 배경으로 한 영화인만큼 '뱃사람 술로 익히
알려진' 럼주가 등장해야 한다는 의견이 있었다고 한다).

CUTTY SARK

기막힌 우연은 또 있다. 강수진 소령(신은경)을 비롯한 SSU 대원들이 지옥훈련을 마친 후 수경에 따라 마시던 하이트맥주 역시 PPL 제품이었다.
그런데 하이트맥주 하면 떠오르는 카피가 있다.

'지하 150미터 천연 암반수!'

영화 〈블루〉의 주인공인 SSU의 위용을 한마디로 설명해주는 문구가 있다.

'심해 150미터 선체 인양 세계 기록 보유!'

이쯤 되면 한국 영화 역사상 가장 탁월한 술 캐스팅(?)이 아닐까 한다.

미스코리아 출신들이 가장 좋아했던 맥주?

아주 오래전 까마득히 먼 옛날에 이런 난센스 퀴즈가 있었다. 농부들이 가장 좋아하는 맥주는?
답은 OB맥주(오! 비! 옛날에는 가뭄이 더 심했나 보다).
뒤를 잇는 질문은 더욱 엉뚱했다. 미스코리아 출신들이 가장 좋아하는 맥주는? 답은 크라운Crown맥주.
미스코리아 당선자들이 쓰는 왕관에서 기인한 것인데, 지금 생각하면 썰렁하기 그지없는 우스갯소리였다.
당시 최고 청춘스타 권상우와 이정진이 시커먼 교복을 입고 등장한 청춘영화 〈말죽거리 잔혹사〉의 시대적 배경인 1978년이 바로 위의 '맥주 퀴즈'가 생겨난 시절이었다.
그 이후로 교복 입은 영화가 많이 나왔다.

강동원 주연의 〈늑대의 유혹〉김태균 | 2004 같은 영화에서

고등학생들이 자연스럽게 술 마시고 나이트클럽

가는 게 이상하다는 평을 본 적이 있다.

그이는 툭하면 고고장을 찾고 포장마차 소주도

마다하지 않는, 더 오래된 1970년대 말의 고교생

영화는 안 본 모양이다.

글로벌 시대를 사는 우리는 이제 한국 땅에서도

세계 각지의 맥주를 맛볼 수 있다.

하지만 '말죽거리가 잔혹했던' 그때 그 시절에는

단 두 개의 국산 맥주만이 이 땅에 존재했다.

맥주회사의 양대 산맥이었던 동양맥주의 OB맥주와

조선맥주의 크라운맥주가 그것이다. 그런데 이름과는

달리 크라운맥주는 단 한 번도 승리의 왕관을 쓰지

못했다. 유일한 경쟁자인 OB맥주는 막강한 시장

점유율을 자랑하며 맥주의 대명사로 자리 잡아갔다.

만년 2위인 조선맥주가 승리의 왕관을 쟁취한 것은
아이러니하게도 '크라운'이라는 이름을 버린 후였다.
'지하 150미터의 천연 암반수'라는 이른바 프리미엄
이미지로 출시한 새 브랜드 하이트맥주가 시장 점유율
1위에 등극한 것은 1996년의 일이다.
새로운 이름이 태어난 후 역사의 뒤안길로
사라져버린 비운의 브랜드 크라운맥주를 영화
〈말죽거리 잔혹사〉에서 다시 만났다.
왜 굳이 당시 넘버원 맥주였던 OB 브랜드가 아닌
크라운을 사용했는지는 모르겠지만, 아무튼 반가웠다.
영화에 두 번인가 등장하는 고고장 장면에서
테이블 위에 놓인 갈색 맥주병들이 바로 촌스러운
왕관 로고가 선명하게 박힌 크라운맥주였다.
그리고 좀 더 소품에 민감한 관객이라면 가장 인상적인
장면에 등장했던 크라운맥주도 기억할 것이다.

하고 싶은 거 해!
CROWN
CROWN BEER
크라운 맥주

첫눈에 반한 여고생 은주(한가인)와 가장 친한 친구
우식(이정진)이 이미 그렇고 그런 사이가 돼버렸다는
사실을 알고 절망한 현수(권상우)는 웬일인지 홀로
떡볶이집을 찾는다.
떡볶이집 주인 아줌마(김부선)는 항상 가슴이 슬쩍
드러나는 의상으로 혈기왕성한 고등학생들을 괴롭히는
인물이다. 고등학생인 현수는 떡볶이만 주문했건만
테이블 위에는 크라운맥주 세 병이 함께 놓여 있다.

"한잔 마시고 잊어버려!"

어느덧 현수의 허벅지를 더듬는 그녀….
예나 지금이나 술은 유혹의 도구인가 보다.

두산이 선택한 첫 여성 모델 손예진!

어느 새벽의 포장마차, 둘은 이미 한 몸인 듯 꼭 붙어 앉아 있다.

"그만 쳐다봐라 뚫어지겠다."
"아예 살림을 차려라."

친구들의 타박 소리는 아예 들리지도 않는다. 술에 너무 취한 탓일까? 물론 술보다는 다른 데 더 취했다. 어느덧 모두 떠나버리고, 언제인가부터는 둘만 그렇게 앉아 있다. 플라스틱 테이블 밑으로 꼭 잡은 손이 보인다. 남자가 다른 손으로 소주병을 잡는다. 여자의 빈 잔에 넘치도록 따라준다.

"이거 마시면 우리 사귀는 거다?"

"안 마시면?"

"볼일 없는 거지. 죽을 때까지."

프러포즈치고는 조금 살벌하다. 여자는 서서히,
하지만 단호하게 '원샷'을 한다. 약간은 힘겨운 표정이
왠지 모를 안타까움을 자아낸다. 잔을 떼자 새어나오는
"하" 하는 탄식을 남자의 입술이 곧바로 가로막는다.
카메라, 서서히 멀어진다.
2004년 가을을 울린 최루성 멜로 영화
〈내 머리 속의 지우개〉가 만들어낸 멋진 한 장면이다.
남자는 세상에 무서울 것 없는 터프가이, 여자는 이미
그 남자에게 푹 빠진 상태였다. 하지만 그들도
'맨정신의 고백'은 쉽지 않았던 모양이다.
남자는 만취 상태에 이르러서야 비로소 주사위를

던졌다. 젊은 나이에 알츠하이머병에 걸리는 운명을
지닌 여자 수진(손예진)과 철수(정우성)의 비극이 예정된
사랑은 그렇게 시작됐다.
그들이 사용한 소도구는 한국 영화에서도 일찍이
흔해져 버린 와인이 아닌 소주였다.
극단적으로 클로즈업된 빈 잔에 따라지던 소주가
멋지게 흘러넘치는 장면이 도드라졌다. 두 눈 꼭 감고
고개를 젖히며 잔을 비운 손예진의 턱에 잠시 맺혀 있다
톡 떨어지던 소주 방울은 또 어떤가.
마치 잘 기획된 소주 CF의 한 장면 같았다. 리즈 시절의
손예진과 정우성의 멋진 외모가 만났으니 더욱더
술 한잔 고팠던 것은 당연한 반응이었을 터.
원래 소주 CF의 메인 모델은 주 소비층에 맞춘
남성 배우였다. 그런데 어느 순간부터 최정상급
여성 연예인이 소주 광고 모델로 등장하기 시작했고,

이제는 당연한 일이 되어버렸다. 급기야 모델의 나이도
점점 어려져 사회적인 문제가 되기도 했다.
국내 소주 업계의 오랜 라이벌은 진로와 두산이다.
진로는 원조 브랜드 파워의 아성에 더해 '참이슬'의
신선한 이미지까지 일찍이 선점했다. 여성 모델을 먼저
등판시킨 것도 참이슬이다. 1998년 이영애를 시작으로
황수정, 박주미, 김정은, 김태희 등 당대 최고의
여자 스타를 간판으로 내세웠다.
경쟁사인 두산은 리딩 브랜드 '참이슬'의 아성에
도전하기 위해 2001년 프리미엄 소주 '산소주'를
처음 출시했다.

내 머리 속의 지우개

녹차로 우려냈다는 웰빙 이미지를 내세웠지만,

터프가이 남자 모델을 고수하는 마케팅 정책은

바뀌지 않았다. 그랬지만 시대의 흐름을 더 이상

거스를 수 없었는지 2004년에 이르러 비로소

첫 여성 모델을 선택했다.

영화 〈내 머리 속의 지우개〉에 등장한 소주가 바로

두산의 야심작 '산소주'였다.

소주 한 모금 못할 것 같은 청순한 이미지의 여배우

손예진이 바로 두산이 선택한 첫 번째 여성 모델이었다.

왕년의 캡틴! 싸구려의 대명사가 되다

'…부엌에서는 한윤식이 몇 개의 양주병 가운데
주저하다가 싸구려 캡틴큐를 골라서 갖고 들어온다….'

기묘한 삼각관계 로맨스 영화 〈질투는 나의 힘〉
96번째 신의 지문. 굳이 꼭 집었던 '싸구려' 표현은
문학잡지 편집장 한윤식(문성근)의 대사를 통해
관객들에게 확실히 전달된다.

"나도 자꾸 이 싸구려 양주를 마시게 돼. 나쁘지 않아."

대작하는 상대는 잡지사 신입 기자 이원상(박해일)이다.
문학도의 꿈을 포기하고 '술과 장미의 나날'을 선택한

한윤식은 새파란 청년 이원상의 애인을 빼앗은 경력이
있다. 그런데 그 자리에서 두 사람은 그만 서로의
비밀을 알고 있다는 사실을 들킨다. 더욱 심각한 문제는
그러한 뺏고 뺏기는 관계가 현재 다시 반복되고 있다는
점이다. 하지만 두 사람은 애매한 분위기 속에서도
지극히 평화롭게 서로의 술잔을 채워준다.
사이다 만드는 회사로 유명한 롯데칠성에서 기타재제주
캡틴큐를 처음 발매한 것은 무려 1980년이다.
저가 국산 양주, 특히 국내 최초의 럼주를 개발해
급증하는 위스키 수요에 대처한다는 것이
생산 배경이었다. 세계적인 럼 권위자인 이언 케리의
기술 지도로 만들어진 국산 럼 브랜드 캡틴큐는 출시
5개월 만에 경쟁사의 위스키와 기타재제주를 합친
분량보다 더 많은 판매량을 기록하며 국내 양주 시장을
석권했다.

CaptainQ
가정용
CaptainQ
일반증류주
캡틴큐
19세미만
판매금지
캡틴큐
CAPTAIN Q

그야말로 양주업계의 캡틴으로 자리 잡은 것이다.
그런데 아재 세대들이 캡틴큐를 잊을 수 없는 추억의
술로 기억하게 만든 일등공신은 따로 있다.
바로 1985년에 출시된 180밀리리터의 포켓 사이즈
제품. 등산과 낚시 등 레저용으로 기획됐지만
현실에서는 불량 청소년들의 애장품(?)으로 더욱
각광을 받았다. 왕년에 좀 놀았던 아재들은 아마도
수학여행 갈 때 작고 귀여운 술병을 주머니에 하나씩
숨긴 경험이 있을 것이다.
광고 전략도 눈에 띄었다. 뱃사람들의 술인 럼주답게
캡틴큐는 애꾸눈 선장이 등장한 지면 광고로
강렬하게 승부를 걸었다. '위스키냐 캡틴큐냐'라는
자신감 넘치는 비교 광고도 인상적이었다.
초창기 캡틴큐의 인기는 '단지 그대가 양주'라는
이유에서 비롯됐다. 그런데 사실 양주 원액 조금에

소주의 주원료인 주정과 인공 색소를 섞은
'가짜 양주'였다는 엄청난(!) 진실은 거의 알려지지
않았다. 머리가 깨질 듯했던 강력한 숙취는 또 어땠나.
오죽했으면 "캡틴큐는 다음 날 머리가 안 아프다.
왜냐하면 다다음 날 잠에서 깨어나니까"라는 전설적인
농담까지 있었을까.
아무튼 왕년의 '캡틴'은 이미 성인 연령이 된
영화에서도 싸구려 술의 대명사로 사용됐을 정도로
일찍이 몰락했다. 당시 포털사이트의 지식검색
코너에는 "캡틴큐 가격이 얼마예요? 소주보다 싸다고
들었는데…"라는 충격적인(!) 질문도 올라와 있었다
(물론 그때도 소주보다는 '아주 조금' 비쌌다).
영화 〈질투는 나의 힘〉은 월드컵 4강 신화의
다음 해였던 2003년에 개봉했다.
그때는 우리도 먹고살 만해졌는지 시사회가 끝나고

가진 술자리에서 어느 누구도 캡틴큐를 그리워하지 않았다.
마지막 입에 댔던 게 언제인지조차 기억이 가물가물한 전설 속의 술이 2015년까지 당당히 생산되었다는 점이 오히려 더 놀랍다.

'원나잇스탠드'를 위한 사랑의 묘약

20세기의 결혼이 '그래도 할 만한' 것이라면,
21세기의 결혼은 '미친 짓'?
앞에서 소개한 1990년 개봉작 〈나의 사랑, 나의 신부〉와
2002년 개봉 영화 〈결혼은, 미친 짓이다〉 사이의
거리는 엄청나다.
일단 두 영화의 첫날밤을 비교해보자.
〈나의 사랑, 나의 신부〉의 커플은 오래 연애하고
결혼했음에도 첫 섹스에 대한 두려움이 엄청났다.
하지만 〈결혼은, 미친 짓이다〉의 준영(감우성)과
연희(엄정화)는 만난 날 바로 여관으로 직행한다.
2000년 오늘의 작가상 수상작인 이만교 작가의
동명 소설을 시인이기도 한 유하 감독이 스크린으로

옮긴 〈결혼은, 미친 짓이다〉는 제도와 관습에 얽매인 결혼 제도를 화끈하게 비웃는다. 21세기의 결혼은 정녕 진정한 사랑의 종착역이 아니란 말인가?
결혼이 부담스러운 남자와 사랑보다는 현실이 더 중요한 여자의 만남. 그래서 두 사람의 관계는 섹스 파트너로 출발했다. 그런데 그것은 사실상 술의 힘이 있었기에 가능한 일이었다.
일찍이 마광수 교수는 "술의 힘을 빌리지 않고서는 첫 키스나 첫 섹스를 할 수 없다"라고 고백(?)한 바 있다. 성적으로 문란했던 고대 로마인들은 "포도주가 없으면 사랑을 나눌 수 없다"고 생각했다고 한다. 이처럼 술은 오래전부터 사랑의 묘약으로 여겨졌다.
똑 부러지는 신세대인 준영과 연희도 그것만큼은 어쩔 수 없었을까. 술기운이 아니었다면 그날 밤 그들은

그런 용기를 낼 수 있었을까. 둘의 육체적 관계를
중매해준 주인공은 솔잎주라는 우리 술이었다.
상투적인 대화와 지루한 영화 관람,
당연한 다음 코스인 저녁 식사. 한잔의 맥주는
두 사람 사이를 처음으로 좁혀놓는다. '술 잘 못한다던'
연희는 맥주를 원샷한 후 귀엽게 말했다.

"오늘따라 술이 참 다네요."

약간의 알코올은 좀 더 '거한' 2차를 부르는 법.
가야금 소리 은은한 전통 술집에 마주 앉은 두 사람은
솔잎주와 더불어 급속도로 가까워진다.
'필름이 끊어지지 않기만을 바랄' 정도로 취한
두 사람은 '왕복 택시비보다 여관비가 더 싸다'는
기막힌 논리에 공조하며 한 몸이 된다.

바로 솔잎주의 힘?

새봄에 돋은 신선한 솔잎을 잘게 썰어 설탕이나 꿀에
절인 후 밀봉해서 만드는 솔잎주는 예부터
'불로장생주'로 여겨졌다. 허리 아픈 것을 치료하고
양기를 보해주는 효능도 있다고 하니 그 기막힌 선택에
절로 미소가 지어진다.

'장맛'보다 더 유명한 '뚝배기'

미래 배경의 한국 SF 영화로는 원조격이라고 할 수 있는 〈2009 로스트 메모리즈〉가 개봉했을 때만 해도 2009년은 쉽게 예측하기 힘든 미래였다.
하지만 시간은 항상 빠른 법, 2009년은 이미 10여 년이 훌쩍 지난 과거가 되었다. 영화 속 많은 예측들은 2009년에는 이루어지지 않았고, 심지어 2022년인 오늘에도 마찬가지다.
가까운 미래를 영상으로 표현하기란 쉽지 않다.
그래선지 2000년 초에 예상한 2009년의 삶은 개봉 당시는 물론 요즘과도 크게 다르지 않다.
그런데 미래 영화는 "미래까지도 변함없는 브랜드 파워를 유지한다"라는 측면에서, 기업 입장에서는 아주 좋은 PPL의 기회가 된다.
영화의 설정은 다음과 같다. 1909년 안중근 의사는 하얼빈 역에서 이토 히로부미를 암살하려고 했지만 실패했다. 조선은 1945년 해방을 맞기는커녕 아예 일본제국으로 통합되었다. 〈2009 로스트 메모리즈〉는 이 같은 '역사적 가설'을 바탕으로 만들어졌다.
항일투사들의 후예는 '후레이센진'이라 불리며 여전히 목숨을 걸고 독립운동을 벌이는 중이다. JBI특별수사대 요원인 '조선계' 사카모토 마사유키(장동건)는 일본인보다 더욱 열성적으로 '후레이센진'을 뒤쫓는다. 그런 행동에는 일곱 살 때 죽음을 맞은 아버지에 대한 증오가 깔려 있다. 사카모토는 아버지가 돈에 매수된 비리 경찰이었다고 믿고 있었다.
죽은 아버지의 친구이자 조선인 경찰 선배인 다카하시(신구)는 그런 사카모토의 모습이 안타깝다.

아버지는 아들의 생각과는 달리 '조국을 위해' 목숨을 바쳤기 때문이다. 어느 날 밤 그는 진실을 알려주기 위해 조선인이라는 신분을 혼란스러워하는 사카모토를 찾는다.
그 장면에서 테이블 위에 놓인 딤플 위스키 병이 눈에 띈다. 그런데 이상하다. SF 영화에 어울리는 뭔가 첨단적이고 뭔가 더 아트적인 디자인이 아니다.
딤플은 영화 제작 시점에 시판되던 그 모양 그대로의 술병이었다. 미술감독이 게을렀을까? 아니면 치밀한 설정이었을까?
모든 것이 바뀐 미래에 딤플 위스키 병만 동일한 모습이었던 것은 사실 의도된 설정이었다. 그런데 감독이나 제작사가 아닌 '제조사'의 의도였다는 점이 재미있다.
영화 촬영을 준비하던 당시 제작사는 양주병을

FINE OLD ORIGNAL
12
DE LUXE SCOTCH WHISKY
Dimple
0.7 40% Vol
딤플12년
DIMPLE
12YEARS
FROM THE OLDEST DISTILLERS OF SCOTCH WHISKY
IN THE WORLD

새로 디자인해서 '미래 영화다운' 소품을 사용하고 싶었다. 그런데 웬걸, 제조사의 허락을 얻어내지 못했다. 대답은 명확했다.

"우리 술을 영화에 출연시키고 싶으면 현재 모습 그대로여야만 합니다."

딤플은 다른 위스키들처럼 창시자의 이름이 아닌 대중이 부르던 별명이 브랜드명이 된 특이한 경우다. 1627년이 출발점이라고 하니 전통을 중시하는 많은 위스키 브랜드들 중에서도 왕고참이라고 할 만하다. 보조개Dimple처럼 오목하게 파인 독특한 삼각형 병 모양은 1893년에 처음 소개됐고, 대중의 인기를 끌자 1920년 아예 브랜드명이 되었다.
병 디자인의 모방이 많아지자 1958년 미국에서는

특허까지 등록했다. 아무튼 가장 맛있는 술이라는
말은 거의 들어본 기억이 없는데, 술병 모양 때문에
'세계에서 가장 아름다운 위스키'라는 별칭이
있다고 한다.
유구한 전통과 유명세에 비해 한국에서는 인기가
그리 높은 편이 아니다. 양주치고는 가격이
저렴하다는 점도 많이 팔리기보다는 오히려
평가절하되는 이유 중 하나로 꼽힌다.
하지만 딤플은 자부심 넘치는 외형만큼은
머나먼 미래에도 이 모습 그대로 유지하겠다는
강력한 의지를 보여주었다.
바로 딤플이 굳이 미래 배경의 SF 영화에 출연한
진짜 이유였나 보다.

'이병헌의 모히토'에 밀린 '왕실의 품격'

로얄살루트를 조역이나 단역으로 출연시키고 말기에는 아쉬움이 있다. 로얄살루트 입장에서도 꽤나 자존심 상할 일이다. 이 술은 많은 한국 영화에 '고급진 술' 역할로 단골 출연했지만 가장 어울리는 등장은 〈내부자들〉이었다고 생각한다.

일단 로얄살루트에 대해 먼저 정리해보자.

영어 단어 살루트Salute의 사전적 의미는 경례, 특히 군인의 거수경례다. 하지만 '예포'라는 다른 뜻도 있다. 1953년 엘리자베스 2세의 대관식을 기념하기 위해 처음 생산된 스카치위스키 로얄살루트는 직역하면 '왕에 대한 예포'라는 뜻이다.

지난 2018년, 문재인 대통령의 북한 방문 인민군

의장대 사열 때 21발의 예포가 발사된 일에 대해
큰 의미를 두는 기사가 나기도 했다. 다른 우리 대통령
방북 시에는 없던 일이었기 때문이다.
트럼프 미국 대통령은 본인의 환송식 때 21발의 예포를
꼭 사용해달라고 미리 부탁했다고 한다.
대체 어떤 의미가 있기에 그런 것일까.
국가원수 또는 최고 귀빈에 대한 최고의 경의인 21발
예포의 출발지는 영국이다. 예포 자체는 원래 해상
전투 종료 때 무장해제의 의미로 남은 포탄을 소진하는
절차였다. 그러던 것이 영국 왕실의 주요 행사는 물론,
한때 지구의 25퍼센트에 이르는 많은 식민지를 거느린
'대영제국' 시절 영연방 국가들이 여왕과 왕실에 대해
바치는 당연한 의례가 되었다. 그 후 대부분의 국가에서
사용되는 '글로벌 스탠더드'로 자리 잡았다.
시바스리갈의 제조사인 시바스브라더스 사가 생산한

첫 제품이 '21년산'인 이유가 바로 축포의 횟수 때문이다. 여왕에게 바치는 술인 만큼 처음부터 가장 좋은 원액을 모아서 만들었다고 한다. 초기 제품부터 여왕의 왕관에 달린 루비, 에메랄드, 사파이어의 빛깔에 맞춰 적, 청, 녹의 세 가지 색 도자기병에 담겼다.
한국 영화에 주로 등장하는 38년산과 한정판 50년산 등은 이후에 출시됐다.
탄생부터 고급스럽고 품격 있는 이미지를 보유한 술은 중요한 용처가 따로 생겼다.
중요한 사람에게 주는 선물, 좀 더 노골적으로 말하면 '뇌물용'이다. 언젠가 전직 지자체장의 집에서 발견된 '로얄살루트 50년산'의 뇌물 여부가 뉴스에 오르내린 적이 있다. 이렇듯 영화 〈내부자들〉의 출연은 '고증'에 의한 것이다.
'줄도 없고 빽도 없는 거지새끼인' 지방대 출신 검사

우장훈(조승우)은 어쩔 수 없었다. 아무리 조직에 충성해봤자 항상 막판에 밀렸다. 뭔가 승부수를 던져야 했다. 정치깡패 안상구(이병헌)에게 손목 날아간 신문사 주간 이강희(백윤식)와 손잡고 미래자동차 오 회장(김홍파)의 집을 찾는다. 당연히 빈손일 리 없다. 이 주간도 "회장님이 좋아하시는 걸로 특별히 준비했다"라고 강조한다.

그가 누구인가. 사실상 이 나라를 돈으로 쥐고 흔드는 '밤의 대통령' 아닌가.

로얄살루트는… 그런 술이다.

조직폭력배가 주인공인 범죄영화답게, 비리 정치인과 비리 언론인과 온갖 고위급 '나쁜 놈들'이 죄다 등장하는 영화답게 술자리도 많고 술의 종류도 다양하다. 권력자들의 은밀한 술자리에 등장한 괴이하고 음란한 폭탄주 장면도 충격을 주었다.

이병헌의 라면 버너 옆에 놓인 참이슬은 침 꿀꺽,
하게 했다. 하지만 최고의 술 캐스팅은 '조승우의
로얄살루트'였다고 생각한다.
영화는 크게 흥행했다. 장르영화가 줄 수 있는 극한의
쾌감과 더불어 우리 사회에 대한 고발과 풍자도
강렬했다. 많은 명장면들이 지금껏 기억 속에 또렷이
남아 있고, 인상 깊은 명대사도 많았다. 그런데 의외다.
'로얄살루트' 이야기를 하는 사람이 거의 없다.
영화 〈내부자들〉이 낳은 최고의 유행어는
이병헌이 반복해서 읊조린 "모히토 가서 몰디브나
한잔 할까?"일 것이다.
원래 "몰디브 가서 모히토 한잔"이라는 평범한 대사를
이병헌의 아이디어로 뒤바꾼 것이 신의 한 수가 됐다.
사실 그 자리에는 아무 술이나 들어가도 상관없다.
모히토 자체가 영화에 아예 나오지도 않는다.

몰디브
(모히토)

ROYAL SALUTE
THE
DIAMOND
TRIBUTE
BLENDED SCOTCH WHISKY

참 특이한 일이다. 해가 지지 않는 나라의 여왕을 위해
태어나 70년째 '고급 술의 대표주자' 지위를 유지해온
명주가 흔하디흔한 값싼 칵테일 한 잔에 밀린 것이다.
영화계에는 어떤 대사가 유행어가 되어 그 영화를
상징할지 개봉하기 전에는 아무도 모른다는 속설이
있다. 모히토의 예상치 않은 정상 등극은, 결국
이병헌의 힘이다.

피바람 휘몰아치는 영화의 유일한 휴식

영화 시작부터 피 냄새가 물씬 풍긴다.
어느 밤 바닷가 물류창고, 꽁꽁 묶인 피투성이 남자의
입에 깔때기가 물리고는 시멘트 반죽이 부어진다.
잠시 후 동틀 무렵, 뚜껑 닫힌 드럼통 하나가 데굴데굴
바다 속으로 굴러 떨어진다.
박훈정 감독의 범죄 누아르 영화 〈신세계〉는 잔인하다.
박 감독으로부터 처음 시나리오를 메일로
받았을 때부터, 나는 도입부의 그 신scene이 강하게
머릿속에 남았다. 칼로 찌르고 총을 난사하는 장면보다
심리적 충격이 더 컸던 것 같다.
글로 먼저 읽었던 장면은 후일 그대로 영상으로
재현되었다. 정점에 오른 최대 범죄조직의 비정한

후계자 싸움은 당연히 많은 피를 요구한다.
일단 죽어 나가는 인물이 많다. 숱한 장면에서 칼과
총이 사용된다. 시나리오 단계부터 당연히
'청소년 관람 불가' 등급이었다.
영화 개봉 후 지나치게 폭력적이라는 비판이 거의
없었던 것은 사실 의외였다. 많은 관객들이
장르영화의 미덕을 이해하게 됐고, 무엇보다도 영화의
전반적인 완성도와 재미로 인한 호감도가 높았기
때문일 것이다.
몇몇 유머 코드도 효과적이었다. 하지만 〈신세계〉는
관객 입장에서 쉬어갈 틈이 많지 않은 영화다.
매 순간 위기가 닥쳐온다. 아차 하는 순간 목에 칼이
들어온다. 배신과 암투와 모략이 난무한다.
그럼에도 불구하고, 유일하게 따뜻한 장면이 있다.
영화 〈신세계〉의 최종 시나리오 기준 신 넘버 25의

장소는 '차이나타운 고급 해산물 레스토랑'이다.
화기애애한 술자리는 아우 자성에게 던지는 형
정청(황정민)의 능청스러운 대사들로 주로 채워진다.

"어이 브라더. 요새 뭔 일 있냐?
얼굴이 아주 맛이 갈라 그런다?"
"안 되겠다야. 보약이라도 한 재 대려 맥여야지."
"상황이 상황이긴 하다만 편하게 생각해라.
결국엔 다 잘될 거니까."

잔이 모두 채워지고 자리에서 일어난 정청의 입에서
다른 언어가 튀어나온다. 정청계, 즉 화교 출신
조직원만 모인 자리였기에 건배사와 화답하는 언어가
모두 중국어다. 문자 그대로 화기애애하다.
그 장면만 똑 떼어놓고 본다면, 여지없이 중국에서 온

선후배들이 이국 땅에서 모인 정감 넘치고 따뜻한
회식 자리다.
'브라더'들의 마음을 데워준 술은 '천진 금화 고량주'.
중국 천진식품공사의 제품으로 고량주 중에서는
다소 순한 맛을 가지고 있다. 알코올 도수만 낮은 게
아니라 특유의 센 향도 줄였다. 탄생 배경이 수출용이라
외국인들의 입맛에 맞췄기 때문이다.
피는 중국인이지만 이미 많이 한국화된 화교들이라서
선택된 주종일까?
시나리오에는 '잔을 채운다'라는 표현만 있을 뿐
술 종류를 구체적으로 명기하지는 않았다.
아무튼 그냥 소주가 아닌 게 얼마나 다행인가.
이런 부분 역시 영화를 맛깔나게 만드는 '디테일'이다.

반면 어떤 술은 시나리오 단계부터 의도되고

신세계
천진금화 고량주

명기되기도 한다. 영화 〈신세계〉에서 가장 술을 많이 마시는 배역을 맞히는 것은 어렵지 않다. 주연도 아니면서 명대사를 독식하다시피 한 빌런 이중구(박성웅)다. 조직의 선배 이사들을 불러 모아놓고 진지하게 날리던 "살려는 드릴게"라는 멘트를 기억할 것이다. 그런데 시나리오에는 이어지는 다른 대사가 있다.

"그만 아닥들 하고 술들이나 빠쇼.
이게 36년산이랬나… 38년이랬나…?
암튼 무지 비싼 거거든. 완샷들 해."

38년산이라고 하면 단 하나의 주종이 떠오른다. 위스키 마니아가 아니더라도 역시 알아맞히기 어렵지 않다. 바로 로얄살루트 38년산. 〈신세계〉 외에도 많은 한국 영화에 '고급진 술' 역할로 자주 출연한다.
중구 캐릭터에 딱 맞는 술 아닌가.
여러 번 영화를 봤는데도 들어본 적 없는 대사라고?
당연하다. 그 대사는 시나리오에만 존재하고 영화에는
아예 나오지 않으니까. 그러나 로얄살루트 38년산은
감독이 시나리오를 쓰던 시점의 의도대로
스크린에 명확히 등장했다. 신 넘버 35, 장소는
'이중구의 아지트'다.

이 글을 쓰고 있는 현재 시각, 2022년 3월 25일 금요일
저녁 8시 무렵, 갑자기 박 감독으로부터 전화가 왔다.
신작 〈슬픈 열대〉가 막바지 촬영 중이고,
여름 개봉 예정인 〈마녀2〉의 후반 작업까지 하고 있는
살인적인 일정. 영화 만드는 일은 항상 어렵다.
시시각각 다양한 상황이 발생한다.

아무리 함께 제작을 한다고 해도, 현장에 나선
감독의 고뇌는 어느 누구도 대신 감당해줄 수가 없다.
나는 정청처럼 살가운 형이 못 되어 따뜻한 위로의
말도 잘 건네지 못한다. 전화 끊기 전에 '브라더'에게
이렇게 말해주지 않은 것이 못내 후회스러웠다.

"상황이 상황이긴 하다만 편하게 생각해라.
결국엔 다 잘될 거니까."

PART 2

와인과 위스키, 영화의 품격을 높이다

완벽한 샴페인, 지독한 스토킹

"딱-딱-따다닥⋯."

수동 타자기 두드리는 소리를 배경으로 담배 한 개비와
딱성냥 하나가 가지런히 놓여 있다. 그리고 마치
주인공처럼 스크린 가운데 당당한 자리 잡은 샴페인 잔.
그 너머로 타자를 치는 남자의 옆모습이 흐릿하다.
다음 장면은 얼음 통에 담긴 돔페리뇽 샴페인 클로즈업!
베스트셀러 작가 스티븐 킹의 소설을 각색한 스릴러
영화 〈미저리〉의 첫 장면이다.
폴 쉘던(제임스 칸)은 '미저리'라는 여인을 주인공으로
하는 연작 소설로 유명한 베스트셀러 작가다.
탈고 직후 담배를 피우면서 돔페리뇽 샴페인으로

자축하는 습관은 그의 팬이라면 누구나 알고 있다.
외딴 겨울 호텔에서 작업을 마친 폴은 언제나 그랬듯이
자축연을 가진 후 원고를 넘기기 위해 뉴욕으로 향한다.
그런데 험악한 산길에서 눈보라를 만나 차가
낭떠러지로 구르는 사고를 당한다.
다행히 인근에 사는 전직 간호사 애니 윌킨스
(케시 베이츠)에게 구조된다. '미저리 시리즈'의
열혈 팬이었던 애니는 폴을 극진히 간호한다. 하지만
그게 전부가 아니었다. 간호사 시절 영아 연쇄살인을
저질렀던 애니는 지극히 위험한 정신병자였다.
애니는 폴을 감금한 후 갖은 린치를 가하며 자신을 위한
소설을 쓸 것을 강요한다.
애니의 마지막 계획은 소설이 마무리되면 폴과 함께
죽음을 맞는 것. 그런데 애니 역시 알고 있던
폴 쉘던 특유의 탈고 자축연은 시간을 벌어주었다.

애니가 돔페리뇽을 준비하는 동안 폴은 반전을 위한
준비를 할 수 있었던 것이다.
최후의 돔페리뇽, 샴페인 잔, 담배와 딱성냥.
애니는 "이번에는 잔이 두 개 필요하다"라는 폴의
계획적이지만 낭만적인 말에 감동하지만
그날의 돔페리뇽은 개봉되지 못했다.
'최고의 샴페인'이 거품을 뿜기에는 너무나 살벌한
장면이 바로 이어지기 때문이다.
프랑스 샹파뉴 지방에서 생산되는 스파클링 와인을
뜻하는 샴페인Champagne의 출발은 수도승 피에르
돔 페리뇽Pierre Dom Perignon이 처음 와인의 발포 기법을
완성한 1690년경으로 거슬러 올라간다.
그의 이름에서 유래한 돔페리뇽은 완벽함으로
칭송받는 최고의 샴페인이다.
사실 술과 영화에 관한 에세이를 쓰고 있지만

ROYAL
10
돔페리뇽 DOM PERIGNON

소개하는 모든 명주를 다 마셔본 것은 아니다.
국내에서는 아예 구할 수 없는 희귀 술도 있고,
워낙 고가라 차마 용기를 낼 수 없는 최고급 와인도
있기 때문이다.
그런데 돔페리뇽은 실제로 음미할 기회가 있었다.
그것도 와인을 마시기에는 최고의 파트너와 함께.

2000년대 중반에 와인 붐이 불었던 데는 일본 만화
〈신의 물방울〉의 영향도 컸다. 와인에 관한 모든 것을
환상적인 묘사와 작화로 담아내 그야말로 세계적인
빅히트를 쳤다. 한국에서도 많은 이들이 그 만화를 보며
와인의 세계에 빠져들었다.
〈신의 물방울〉의 작가 아기 타다시는 특이하게
두 명이다. 함께 작업하는 남매가 공동의 필명으로
사용하기 때문이다. 대략 2007년, 절정의 인기를

누리던 그들이 누군가를 만나기 위해 한국에 왔다.
사실 본인들이 글로벌 셀럽이었지만 그들이 덕질하던
최고 스타가 한국에 있었기 때문이다.
바로 〈겨울연가〉의 '욘사마' 배용준!
주요 캐릭터인 와인 평론가 토미네 잇세의 외모를
비슷하게 묘사할 정도로 열혈 팬이었던 남매는
제작 예정인 드라마 〈신의 물방울〉에 배용준을 직접
캐스팅하고 싶어 했다.
안타깝게도 타다시는 그토록 원했던 배용준을
만날 수 없었다. 정말 미안하게도, 그즈음 잠시
배용준 씨 회사에서 일했던 내가 '대타'로 나갔기
때문이다. 실망했을 그들에게 해줄 말이라고는
'뭐든 원하는 와인을 골라주세요' 밖에 없었다.
두꺼운 와인 리스트를 한참 뒤적이던 그들은
돔페리뇽을 두 병이나(!) 주문했다.

그날 밤 늦도록 함께했지만 무슨 대화를 나눴는지
잘 기억나지 않는다. 고가였던 그 샴페인이
어떤 맛이었는지도 다 까먹었다.
하지만 무려 〈신의 물방울〉 작가들이 내 눈앞에서
돔페리뇽을 마시며 즐거워하던 천진난만한 표정은
아직도 생생하다.

겹겹이 접힌 슬픔의 여왕

막 정사가 끝난 침대 위. 여자가 먼저 입을 연다.

"제 인생에서 지금이 최고예요. 하지만 무서워요.
너무 행복해서…
이 행복이 언제까지 계속될까 생각하면…."

이어지는 남자의 말이 엉뚱하다.

"재미있는 이야기 해줄까?
내가 담당했던 소설가가 두 명이 얼싸안은 채 동시에
죽는 정사情死 소설을 구상했어. 의학부 선생에게
자문을 구했어. 실제로 그런 일이 가능한지."

남자는 계속 심각하다.

"약이야. 그 약을 먹으면 확실히 동시에 죽을 수 있어.
게다가 사후 경직으로 몸이 떼어지지 않아."

여자가 말했다.

"저… 당신과 함께라면 무섭지 않아요."

두 사람, 다시 서로의 육체에 빠져들기 시작한다.
와타나베 준이치의 인기 신문연재 소설을 각색한
일본 영화 〈실락원〉은 중년 남녀의 불륜을 소재로 한
'지독한' 사랑 영화다. 언젠가부터 한국에서는
'격정 멜로'라고 부르는 그 장르다.
권태로운 삶을 살던 50세의 출판사 직원

구키(야쿠쇼 코지)와 의사 남편과의 사랑 없는
결혼생활에 지친 38세의 린코(구로키 히토미)는 첫눈에
사랑에 빠진다. 하지만 둘의 뜨거운 관계는 곧 가족에게
알려진다.
그러나 난생처음 사랑에 빠진 이에게는 '모든 것'을
잃더라도 좋은 것이 있었다. 바로, 죽어서라도 영원히
함께 있을 수 있다면!
세상에서 함께할 수 없는 두 남녀는 죽음을 선택한다.
그리고 '메독의 여왕'이라 불리는 프랑스산 고급 와인
샤토마르고를 선택한다.
가장 행복한 순간에 남자가 여자를 위해 준비했던
바로 그 와인이 마지막 식탁 위에도 놓이게 된다.
식사를 마친 후에야 남자가 입을 연다.

"슬슬 갈까?"

CHATEAU MARGAUX
샤토마르고

샤토마르고와 흰 가루가 담긴 약병이 화면에 짧게
클로즈업된다.
마지막 키스. 남자가 입속에 머금고 있던 독약 섞인
선홍빛 와인이 여자의 입속으로 흘러내린다.
마지막 섹스. 전라의 두 남녀는 한 치의 틈도 없이 몸을
꼭 붙인 채 그렇게 죽어간다.
그들이 계획했던 지독한 소원 그대로.
무라카미 류는 에세이집 《와인 한 잔의 진실》에서
이렇게 적었다.

"겹겹이 접힌 슬픔으로 샤토마르고의 향기는 존재한다.
그래서 우리는 누군가의 체취나 피부의 구체적인
촉감을 원하게 된다."

영화 〈실락원〉에서 린코는 이렇게 말했다.

"점점 당신 피부와 제 피부의 구별이 안 가게 됐어요."

한편 이영하, 심혜진 주연의 한국판 리메이크 〈실락원〉장길수 | 1998에는 샤토마르고가 등장하지 않는다. 실제 촬영에는 와인 대신 비슷한 빛깔의 과일주스가 사용됐다.
아… 정말 재미없다.

최고의 와인으로 만나는 인생 여행

와인은 사람을 닮는다.
영화 〈사이드웨이 Sideways〉를 보면 그런 생각이 든다.
소심한 영어 교사 마일즈(폴 지아매티)는 결혼을 앞둔
친구 잭(토머스 헤이든 처치)과 함께 짧은 여행을
떠난다. 소믈리에 뺨치는 와인 지식, 그리고 미각과
후각이 뛰어난 마일즈와 달리 잭은 와인에 문외한이다.
귀한 샴페인인 92년산 바이런을 차갑지 않은 상태에서
따버려 마일즈를 당황하게 한다. 마일즈는 테스팅하는
방법부터 차근차근 가르쳐준다.
유명 와이너리 winery(포도주를 만드는 포도원)를 다니며
시음하는 것이 여행의 목적처럼 보인다.
캘리포니아의 따사로운 햇살 아래 펼쳐진 포도밭과

와인을 만드는 과정이 나온다. 엄청난 크기의 오크통이 늘어선 대형 와인 창고가 등장하고, 마일즈는 포도와 와인에 관한 지식을 관객들에게 마치 교사처럼 가르치는 듯하다.

감독의 기존 대표작이 〈어바웃 슈미트〉였다면 〈사이드웨이〉는 '어바웃 와인'이라는 부제를 붙일 만하다. 한국에서는 조용히 극장에서 사라졌지만 미국의 상황은 달랐다. 골든글러브 작품상과 각본상을 필두로 웬만한 비평가상은 죄다 휩쓸었다.

이 영화 덕분에 캘리포니아 와인의 매출이 급증했다는 이야기도 있다. 〈사이드웨이〉는 와인이 아니라 인생과 사랑에 관한 영화지만 다양한 종류의 와인은 영화의 재미를 극대화한다.

이혼의 상처에서 벗어나지 못한 마일즈는 단골 레스토랑에서 '천생연분'과 재회한다. 와인 지식이

마일즈 못지않은 이혼녀 마야(버지니아 매드센)는
묻는다.

"왜 피노Pinot Noir(부르고뉴 레드와인의 대표 포도 품종)를
좋아하세요?"

마일즈는 선생님답게, 그리고 본인의 스타일답게
매우 진지하게 답변한다.

"피노는 껍질도 얇고 온도 변화에 민감해서 재배하기
힘든 포도죠. 오직 인내심과 사랑이 있는 사람만이
가꿀 수 있어요."

하지만 와인을 좋아하는 이유에 대한 마야의 답변도
만만치 않다.

"와인은 살아 있고 끊임없이 발전하면서 견고해지죠.
절정에 다다를 때까지. 그러다가 절정이 지나면
피할 수 없는 타락이 시작되죠. 결정적으로 맛이 정말
끝내주죠."

영화에 등장하는 다양한 와인 중 백미白眉는 마일즈의
애장품인 61년산 슈발블랑이다. '백마白馬'라는 뜻을
가진 보르도 생테밀리옹의 초특급 와인. 듣는 순간,
마야는 그 가치를 안다. 지금이 바로 61년산 슈발블랑의
절정기라는 사실도 안다.
마일즈는 아직 개봉하지 못한 이유를 이렇게 설명한다.

"근사한 사람과의 멋진 자리에서 따려고…."

지혜로운 마야는 더 진지하게 대꾸한다.

1961 샤토 슈발블랑

CHATEAU CHEVAL BLANC

SAINT EMILLION GRAND GRU

"당신이 61년산 슈발블랑을 따는 그날이 바로 가장 멋진 자리예요."

언제 등장할지 기대를 모은 슈발블랑은 결국 패스트푸드 레스토랑에서 종업원 몰래, 그것도 종이컵에 담기게 된다. 와인에 대한 관심 유무를 떠나서, 〈사이드웨이〉는 그 사연을 직접 확인할 만한 가치가 있는 좋은 인생 영화다.

신의 은총, 예술이 된 생애

이란 영화 〈체리 향기〉압바스 키아로스타미 | 1997에는
자살하려고 나무에 올라갔다가 거기에 열린 체리
열매를 따 먹고 마음을 바꾼 남자의 이야기가 나온다.
'웰빙'이라는 유행어가 아니더라도 먹고 마시는 일은
축복이다. 좋은 음식은 그 자체로 신의 선물이다.
1987년 아카데미 외국어영화상을 수상한 또 하나의
명작 〈바베트의 만찬〉은 '음식의 의미'에 종교성까지
부여한다. 인간의 행복을 극대화할 수 있는 좋은 음식은
'뛰어난 예술 작품'임을 주장한다.
덴마크 바닷가의 작은 마을, 평생을 경건하게 살아온
노년의 두 자매에게 한 여자가 찾아온다.
파리 시민전쟁의 소용돌이 속에서 남편과 아들을 잃은

바베트 허슨트 부인. 가난한 자매는 하녀를 둘 만한
형편이 안 되었기 때문에 바베트는 일꾼이 아닌
봉사하는 가족이 된다.
시간이 흐르고, 바베트는 1만 프랑 복권에 당첨된다.
바베트는 두 자매의 아버지인 목사님 기일에 프랑스식
저녁 만찬을 준비하고 싶다고 부탁한다.
여기서부터 해프닝이 시작된다. 듣도 보도 못한 음식
재료들이 들어오자 순박한 자매는 공포에 떤다.
평생을 마른 빵과 맥주로 만든 수프를 주식으로 먹어온
그들에게 비싼 음식은 죄악에 가까웠던 것이다.
두려움에 떤 것은 만찬에 초대받은 이들도
마찬가지였다. 혹시 마녀의 파티가 준비되고 있는 것은
아닌지. 급기야 그들은 식사를 하는 동안 차려진 요리에
대해서 단 한마디도 하지 않기로 맹세한다.
다행히 외지인 참석자가 한 명 있었다.

젊은 시절 자매 중 한 명을 사모했으나 꿈을 못 이뤘던
로렌스 장군. 파리 근무 경험이 있는 그는 만찬에 나온
음식과 술의 가치를 아는 유일한 사람이었다.
장군은 시종 감탄사를 연발하며 요리를 탐닉하고
술을 들이켰다.
다른 이들은 모두 첫 맹세를 지켰다.
하지만 마음속으로는 모두 기막힌 성찬의 맛에
푹 빠져들었다. 만찬 후 그들은 죄를 고백하고,
서로를 용서했다. 진정 마음에서 우러나오는 노래로
하느님을 찬미했다.
바베트의 만찬은 신의 은총 그 자체였던 것이다.
최고의 만찬에는 최상의 술이 필요한 법.
만찬의 시작은 스페인의 고급 셰리 와인 아몬틸라도가
열었다. 그리고 로렌스 장군의 감탄을 자아낸
'1860년산 뵈브클리코'도 주목받을 만하다.

프랑스 샴페인의 대표 브랜드로
요즘도 최고급 호텔 만찬에 사용되는 명주다.
최고의 명대사는 만찬을 위해 복권 당첨금을
모두 써버렸다는 사실을 안타까워하는 자매에게
'전직 파리 최고의 요리사' 바베트가 한 말이다.

"예술가는 가난하지 않아요."

그녀가 선택한 샴페인 뵈브클리코는 스물일곱 살에
남편 프랑수아 클리코를 여읜 후 불굴의 의지로
와인 사업가로 자리 잡은 바르브-니콜 퐁사르댕 여사의
작품이다. 당시만 해도 여성이 사업의 전면에 나서는
것은 흔치 않은 일이었다. 클리코가의 어른들도 아들이
죽자 와인 사업을 아예 접으려고 했다.
하지만 그녀는 남편의 뜻을 받들어 사업을 맡겠다는

바베트
마담 클리코
CHAMPAGNE
Veuve Clicquot
BRUT
뵈브 클리코
VEUVE CLICQUOT

의지를 피력했고 그 후 집안의 모든 사업이 더욱
번창했다고 한다. 프랑스어 '뵈브Veuve'는
남편을 잃은 여인, 즉 과부라는 뜻이다.
뵈브클리코 브랜드는 그렇게 만들어졌다.
최고의 요리사로서의 자부심을 보여준
바베트와 병에 남은 효모를 제거하는
독특한 방식을 고안하여 명품 샴페인을 만든
퐁사르댕.
프랑스가 낳은 진정한 예술가, 두 여자의 생애가
묘하게 닮아 있다.

너무나 강력했던 캘리포니아산 마취제

"조니워커 광고 시안 봤어? 죽이더군."

보스가 불렀을 때 닉 마셜(멜 깁슨)은 자신만만했다. 하지만 보스는 엉뚱한 술 광고 이야기부터 꺼낸다. 자신을 부른 이유가 광고 총책임자인 크리에이티브 디렉터 승진 건이라고 확신하고 있던 닉에게 예기치 않은 반전이 일어난다.

"우리는 술과 담배 광고로 최고를 구가했지만 90년대 여성 시장이 확대되면서 힘들어졌어. 업계는 확 변했어. 난 자네를 좋아하지만, 이제는 여자들 세상이야."

그제야 닉은 승진에서 물 먹었다는 사실을 알게 된다.
그것도 하필 경쟁사의 여성 광고 기획자
달시 맥과이어(헬렌 헌트)에게.
'여성적' 향취가 물씬 풍기는 로맨틱 코미디 영화
〈왓 위민 원트〉는 '남성적' 술 광고만으로는
살아남을 수 없는 시대가 왔다는 선언으로 시작된다.
점령군 달시가 등장하자 '여자들 세상'은 더욱 기세를
높인다. 달시는 첫 회의부터 직원들에게 숙제를
던지듯 외친다.

"여성 겨냥 광고비는 작년에만 400억 달러인데,
우리 회사의 시장 점유율은 제로!"

그들이 광고해야 하는 여성용 제품들이
회의 테이블 위에 깔린다. 주름방지용 크림. 마스카라,

보습용 립스틱, 목욕용 구슬 매니큐어,
기적의 원더 브라, 임신 진단 테스트,
땀구멍 세척용 천, 스타킹 등등.
마초 성향이 다분한 '싸나이' 닉도 예외가 될 수 없었다.
닉 역시 전에는 관심조차 없었던 여성용 제품들을
잔뜩 들고 퇴근한다. 살아남기 위해서는
다시 공부를 해야 하니까. 이제 세상은 여자들의
것이 되었고, 고객이 무엇을 원하는지를 파악하는 것이
광고인의 숙명이므로.
여성 호르몬 일색의 세상이 짜증스러웠지만 어쩔 수
없었다. 닉은 여자처럼 생각하기로,
아니 아예 여자가 되기로 결심한다.
마스카라도 바르고, 코팩도 해본다.

"그래, 나는 여자야."

왁스를 바르고 테이프로 다리털을 뽑아내다
그 고통에 기겁한다.

"여자들은 미쳤어, 왜 이런 짓을?"

역시 여자가 된다는 것은 맨정신으로는 불가능한
일이었다.

"마취제가 필요해."

레드와인을 병나발 분다. 하지만 홧김의 지나친
음주였을까. 욕실 바닥에 넘어진 닉은 다음 날부터
'여성의 속마음이 들리는' 특별한 능력을 가지게 된다.
흔히 와인이라고 하면 프랑스를 떠올린다.
최근에는 칠레와 호주 와인도 한국에서 흔히 접할 수

있다. 그런데 80퍼센트가 캘리포니아에서 생산되는
미국 역시 현대적 포도 재배 기술과 양조 기법으로
각광받고 있는 신흥 와인 생산국이다.
'여성화의 고통'을 잊기 위한 마취제(?)로 사용된
스털링 와인Sterling Wine은 저렴한 가격의 캐주얼한
캘리포니아 와인이다. 미국 와인답게 육류나 스튜와
잘 어울리며, 바닐라 오크 향과 포도 향이 입안에
오래 머무는 특징이 있다.
이처럼 '여성 주도의 세상'을 당당히 선언한 영화의
개봉 시기가 2000년이라는 점이 놀랍다.
그런데 사실 영화 자체가 오래전부터 여성의 선택권이
더 중요한 장르였다. 왜 많은 영화의 주인공이
잘생긴 남자배우 일색인가 하는 문제 제기가 가끔 있다.
관점에 따라 다양한 의견이 있을 수 있지만,
여성 관객들이 남자 배우를 보러 가는 곳이

STERLING
VINTNER'S COLLECTION
1997
Merlot
CENTRAL COAST
STERLING WINE
WHAT WOMEN WANT

극장이기 때문이라는 답이 설득력이 있다.

한국 영화의 주요 타깃 역시 여전히 젊은 여성들이다.

점점 나이가 들어가는 나 같은 남자 영화 제작자는

영화 속의 멜 깁슨처럼 난감하다.

오늘 밤 나에게도 스털링 와인이 필요한 것일까.

가난한 연인들을 위하여

남자가 계산대 옆 바에 레드와인 한 병을 올려놓는다.

"안녕하세요. 우리 방금 결혼했어요.
하객도 없이 그냥 우리 둘이 결혼했어요.
제가 지금 돈이 없거든요.
이거 저희 결혼선물로 주시면 안 될까요?"

와인숍 여주인은 희미한 미소를 흘리며 와인을
포장한다. 돈 많이 벌어서 행복하게 살라는 덕담도
잊지 않는다.
노골적인 섹스 신으로 화제가 됐던 영화 〈애인〉의
한 장면. 만남과 동시에 격정적인 섹스에 빠졌던

여자(성현아)와 남자(조동혁)는 조금 전 성모마리아상
앞에서 장난스러운 결혼식을 올렸다.
그리고 첫날밤(?)을 기념하기 위한 와인을
그런 식으로 구했다.
언젠가 본 듯한 상황?
〈애인〉이 '에로틱한 사랑'에 방점이 찍히는 영화라면,
정반대의 관점에서 남녀의 짧은 만남을 다룬
〈비포 선라이즈〉에 거의 흡사한 장면이 있다. 실연의
상처를 안은 미국 청년 제시(에단 호크)는 기차 안에서
우연히 프랑스 여자 셀린(줄리 델피)을 만난다.
셀린은 파리로 돌아가는 중이었고, 제시는 다음 날 아침
9시 미국행 비행기를 타기 위해 오스트리아에서
내려야 한다. 하지만 둘은 식당 칸에서 짧은 대화를
나누다 서로에게 끌리게 되고, 빈에서 하룻밤을
함께 보내기로 한다.

영화 〈애인〉이 '육체적 커뮤니케이션'의 성찬이었다면, 〈비포 선라이즈〉는 다양한 대화를 통한 '정신적 교감'이 주를 이룬다. 개연성 없는 첫 만남의 순간부터 섹스가 연상되는 한국 영화 〈애인〉과 달리, 미국 남자인 제시의 프러포즈가 오히려 유교적(?)이다.

"계속 대화하고 싶어."

빈 곳곳을 함께 다니며 둘은 다양한 주제로 대화를 나눈다. 그러는 가운데 사랑을 느낀다. 여자의 이성이 남자의 '오버'를 번번이 가로막는다. 하지만 곧 둘은 결국 '관계가 반드시 영원할 필요는 없다'라는 사실에 동의하고 '오늘이 유일한 밤'임을 받아들인다.
와인은 멋진 밤을 위한 필수품인지, 제시와 셀린도 와인을 구하러 나선다.

여자가 테이블에 세팅된 와인 잔을 훔치는 사이에,
남자는 나이든 바텐더에게 돈이 없다며
사정을 털어놓는다. 바텐더는 그냥 악수만 나누고는
레드와인을 건넨다. 멋진 축언을 곁들이며.

"생애 최고의 밤을 위하여!"

생애 최고의 자리를 축복한 진한 붉은빛 와인의 이름은
라우드, 뒬롱De l'Aude, Dulong이다. 프랑스에서도
최대 와인 생산 지역인 남서부의 보르도에서 생산된다.
어디 있는지는 몰라도 보르도는 누구나 들어본
지명일 것이다. 포도 재배가 시작된 것이
무려 1세기경부터였고, 그곳에서 생산된 와인이
고대 로마에도 공급되었다고 하니 그 역사가 엄청나다.
당연히 보르도에서는 고가의 와인이 주로 생산된다.

"FOR THE GREATEST NIGHT"
IN YOUR LIFE

마신 적은 없지만 들어본 듯한 고급 와인들이 주로
보르도산이다. 하지만 라우드, 퇼롱은 생소하다.
당연히 그리 유명세를 자랑하는 와인은 아니다.
하지만 국내 판매가도 아주 저렴한 와인이니만큼
가난한 연인들도 부담 없이 즐길 수 있다.
그날 밤 에단 호크와 줄리 델피가 그랬던 것처럼.

본드의 생명을 구한 1등급 프랑스 와인

한국에 와인 붐이 일었던 게 언제부터였는지 기억도
나지 않는다. 와인 때문에 직장인들의 음주 스타일이
건전하게 바뀌고 있다는 신문기사도 있었다.
지극히 한국적인 와인 문화도 생겼다.
1차 소주, 2차 폭탄주까지 두루 겪은 후 마지막엔
와인으로 입가심을 하는 열혈(?) 애호가들이
대거 등장한 것이다.
온 가족이 바람났다는 상황으로 화제를 모은
〈바람난 가족〉임상수 | 2003은 일찍이 와인의 대중화를
선언했다. 어떤 순간에도 레드와인이 담긴 잔과
함께했던 '바람난 아내' 호정(문소리).
와인 사랑도 부창부수였는지 '바람난 남편'

영작(황정민)도 항상 몇 병의 와인을 잊지 않았다.

'화려한 언변의 사기꾼' 창혁(박신양)이

'사기꾼 잡는 팜파탈' 인경(염정아)을 상대로 늘어놓던

'칠레 와인'론의 〈범죄의 재구성〉 최동훈 | 2004은

또 어땠나.

'절정의 고수' 김 선생(백윤식)의 집에 비치된

와인 셀러는 그가 품격 있는(혹은 그렇게 보이고 싶은)

사기꾼임을 암시했다.

그러고 보니 소주와 맥주 일색이던 한국 영화에

다양한 와인이 등장하기 시작한 2000년대

초·중반이 한국에 와인 문화가 활발히 도입되던

시기가 아니었나 싶다.

아무튼 와인에 관한 지식이 풍부한 사람은

뭔가 있어 보인다. 첫 데이트에서 생소한 이름의

와인을 주문하며 의미를 설명할 수 있다면

상대가 감탄할 가능성이 높다.
그런데 와인 지식 때문에 목숨이 왔다 갔다 한
경우가 있다면 믿을까.
2020년에 세상을 떠난 숀 코네리의 리즈 시절을
만날 수 있는 007 시리즈 7탄 〈다이아몬드는 영원히〉는
와인과 관련된 설정을 잘 활용한다.
세상에서 가장 멋진 남자인 제임스 본드는 영화가
시작되자마자 술에 관한 해박한 지식을 과시한다.
임무를 부여하기 위해 본드를 부른 고위 인사가 직접
따라준 갈색 술. 본드는 느긋하게 음미한 다음 말한다.

"고급 살레라 셰리주군요. 51년산!"

함께 있던 상관이 한 방 먹인다.

"셰리주는 연도가 없어."

그렇다고 본드가 물러설 리가 없다.

"그 원액에는 연도가 있죠. 1851년산 아닌가요?"

바로 받아친다. 물론, 본드가 맞았다.
영화의 마지막을 장식하는 것도 와인이다.
항상 그렇듯이 무사히 사건을 마무리하고 본드걸과의
로맨틱한 시간을 즐기는 본드. 그런데 영화 내내
잔혹함을 과시했던 두 킬러가 요리사와 소믈리에로
위장해서 들어온다. 온갖 다양한 요리를
소개할 때만 해도 괜찮았다. 어설프게 들먹인
'무통 로쉴드 55년산'이 패착이었다.
본드가 슬며시 테스트를 한다.

1955
CHATEAU
MOUTON ROTHSCHILD
샤토 무통 로쉴드 1955

"이런 만찬에는 클라레가 더 좋은데…."

킬러가 와인 지식이 풍부하기는 쉽지 않다.
그의 답변에서 제대로 된 소믈리에가 아님이 드러난다.

"죄송하지만 클라레가 없습니다."

1등급 와인 '샤토 무통 로쉴드'는 프랑스의 보르도,
그중 메독이라는 지역에서 생산되는 레드와인이다.
클라레 claret 는 보르도산 레드와인을 일컫는 일종의
애칭이다. 즉 무통 로쉴드는 대표적인 클라레다.
이미 정체가 드러난 킬러가 007을 제압하기는
불가능했을 터. 그런데 국내 출시 비디오에는
'클라레'가 아닌 '보르도산 와인'으로 번역돼 있다.
아쉽다. 아쉽다. 많이 아쉽다.

킬러가 반드시 풍부한 와인 지식을
가지고 있을 필요는 없다.
그렇듯 자막 번역가도 마찬가지일 수 있으니,
이 정도는 내가 이해하기로 했다.

강렬하고 정직한 인생의 향기!

오직 한 가지 위스키만 고집하는 남자가 있다.
사고로 시력을 잃고 퇴역한 육군 중령
프랭크(알 파치노).
괴팍하고 까다로운 그의 인생에 정반대의
동반자가 생긴다. 크리스마스 귀향 차비를 벌기 위해
노인 돌봄 아르바이트에 자원한 착실한 고학생
찰리(크리스 오도넬).
그 역시 인생의 방향을 좌우할 심각한 고민이 있다.
첫 만남의 순간에도 프랭크는 이미 잭다니엘을
반쯤 비우고 있었다.
뉴욕을 여행 중인 프랭크는 호텔의 룸 미니바에서
다른 술은 모두 치우고 잭다니엘로 채우라고 명령한다.

최고급 레스토랑에 가서도 그는 똑같이 외친다.

"메뉴판과 잭다니엘 온더록 더블!"

언제 어디서나 오직 잭다니엘!
그의 주문은 하나 더 있다. 물을 타지 말 것!
알 파치노의 멋진 탱고 장면으로 유명한
〈여인의 향기〉는 달리 춤에 관한 영화가 아니다.
시각장애인이자 독신인 프랭크가 종종 '여인의 향기'에
대한 감탄사를 발하지만 남녀 간의 애틋한 사랑 영화는
더더욱 아니다.
영화 〈여인의 향기〉는 인생의 위기를 맞은 두 남자가
그것을 멋지게 극복하는 성장 드라마다.
그리고 올바르고 정직한 삶에 대한 예찬이 있다.
그런데 미국에서 태어난 테네시 위스키 잭다니엘이

마치 주연 배우인 양 툭하면 등장하는 이유는
대체 무엇일까.
첫 번째 대답은 좀 싱겁다.
아메리칸 위스키 중 테네시 위스키에 속하는
잭다니엘은 탁월한 영화 PPL 마케팅으로 유명한
술이다. 〈여인의 향기〉 외에도 〈샤이닝〉, 〈진주만〉,
〈어퓨굿맨〉, 〈워터월드〉, 〈플래툰〉 등 많은 할리우드
영화에 PPL을 통해 항상 '비중 있게' 등장했다.
샤론 스톤 주연의 〈원초적 본능〉에는 얼음 소품과 함께
등장했다. 알고 보니 꼬장꼬장한 알 파치노마저도
계약에 의한 술 광고에 군소리 없이 협조했던 것이다.
두 번째 대답은 감동적이다.
스카치위스키 조니워커나 발렌타인처럼 잭다니엘도
창업자의 이름에서 브랜드명을 가져왔다.
열다섯 살에 고아가 된 아일랜드계 이민자

여인의
향기
SCENT OF
A WOMAN
JACK DANIEL'S
Tennessee
WHISKEY
JACK DANIEL'S 잭다니엘

재스퍼 뉴턴 잭 다니엘이 그 주인공이다.

그는 불법 증류소가 있는 옥수수 농장에서 일한 덕분에

농사보다 수익성 높은 위스키 증류법에 눈을 떴다.

사탕나무 숯을 이용해 한 방울씩 여과시킨 새 공법으로

만든 그의 위스키는 달지 않고 시큼했다.

인생의 시련을 딛고 일약 밀주업계의 기린아가 됐을 때

그의 나이는 겨우 열여섯 살이었다.

그는 크게 성공한 후 학교와 지역사회를 위해

많은 일을 했다고 한다. 독특한 사각형 Square 유리병에

'정직'한 기업 이미지를 담았다. 영화 속 프랭크처럼,

잭 다니엘은 평생 결혼하지 않았다. 춤 실력이 뛰어나

사교계 여성들에게 인기가 높았다고 한다.

한국에서든 미국에서든 잭다니엘은 스트레이트나

온더록보다는 콜라를 섞은 잭콕이 인기다.

맥주는 술 취급도 하지 않는 터프가이 프랭크의

면전이었다면 아마도 큰 호통을 들을 것 같다.

만약 재스퍼 뉴턴 잭다니엘이 살아서

영화 〈여인의 향기〉를 봤다면 어땠을까.

아마도 알 파치노와 만나 온더록 더블 정도가 아니라

잭다니엘 스트레이트 잔을 부딪치지 않았을까.

모두 기상! 밤의 영혼이 여기 있노라

영어 사전에는 안 나오는 '나이톨로지Nightology'라는
신조어가 있었다. 현재 구글 검색을 해보면 음원도 있고
향수도 있지만 공식적으로 만든 곳은 따로 있다.
나이톨로지는 유럽 위스키 판매 1위, 세계 2위의
위스키 브랜드 J&B의 광고 캠페인이다.
쉬운 단어라 그 뜻을 유추하기도 어렵지 않다.

"일상의 스트레스에 지친 현대인들이여,
밤이라는 시간대를 통해 즐길 수 있는 다양한
가능성을 발견해보라!"

1999년 한국에 공식 수입된 스카치위스키 J&B는

주로 바와 나이트클럽에서 소비됐다. 2004년에 시작된
나이톨로지 캠페인은 상당한 체력이 필요하다는 점에서
'젊은 그대'들을 위한 술임을 공식화(!)했다.
한편 J&B는 역사와 전통을 자랑하는 술이기도 하다.
오페라 가수가 되겠다는 꿈을 안고 런던에 온
이탈리아인 자코모 저스테리니는 영국인 동업자
조지 존슨과 함께 1799년 위스키 사업을 시작했다.
그래서 첫 출발은 지금과 달리 J&J였다.
1831년에 영국 회사 앨프리드브룩스 사와 합병하여
저스테리니&브룩스Justerini&Brooks, 즉 J&B가 됐다.
그때부터 지금까지 브랜드명을 계속 유지하고 있다.
지금도 J&B는 스코틀랜드 하일랜드 스페이 강변의
증류소에서 생산되고 병입된다. J&B Rare는
서른여섯 가지 몰트위스키와 여섯 가지 그레인위스키의
혼합물이며, '검은 보석'을 뜻하는 J&B JET는

더 다양한 몰트위스키를 블렌딩한 12년산 프리미엄 위스키다.

대부분의 양주 브랜드가 그렇듯 J&B도 영화를 통한 마케팅에 적극적이었다. 영화 데뷔작은 지금은 고전이 된 〈티파니에서 아침을〉블레이크 에드워즈 | 1961 이다. 홀리(오드리 헵번)의 좁은 아파트에서 열린 고주망태 파티는 가장 초보적인 형태의 '나이톨로지'였다. 물론 밤새 술 마시고 노는 장면이야 대부분의 영화에 나오니 이름 붙이기가 좀 쑥스럽기는 하지만.

그런데 J&B가 연출한, 가장 감동적인 신은 1977년 아카데미 5개 부문을 휩쓴 명작 〈뻐꾸기 둥지 위로 날아간 새〉의 정신병동 파티다. 불합리한 기만으로 가득 찬 정신병원의 환자가 된 정신 멀쩡한 죄수 맥머피(잭 니컬슨). 탈출을 결심한 그는 야간 근무자를 매수해

J&B

술과 여자 친구 캔디를 병원 안으로 불러들인다.
그런데 그는 바로 도망가지 않고 행정실 마이크로
정신병자들을 모두 깨운다.

"모두들 기상! 밤의 영혼이 여기 있노라.
맥머피가 작별을 고하노라."

'밤의 천사' 캔디의 손에 들린 J&B 위스키.
한 잔씩 받아 마신 정신병자들에게 상상 못했던 밤이
시작된다. 크리스마스 캐럴이 흐르고, 유쾌한 광란이
벌어진다. 암울한 정신병동의 멋진 나이틀로지!

그것은 유쾌한 사내 맥머피가 인생의 동료들에게
주는 마지막 선물이었다.

슬픔을 이겨낸 '스트라이딩 우먼'

가장 섹시한 남녀 배우의 만남으로 관심을 모은
액션 영화 〈미스터&미세스 스미스〉의 영화 속 인연은
콜롬비아의 어느 술집에서 이루어진다. 임무를 끝낸
킬러 존(브래드 피트)은 바에서 맥주를 마시고 있다.
그런데 혼자 여행하는 외국인 암살자를 쫓는 경찰이
갑자기 들이닥친다. 이번에는 역시 임무를 마친 듯한
여자 킬러 제인(안젤리나 졸리)이 술집으로 들어온다.
두 킬러는 일행인 척하며 위기 상황을 모면한다.
당연히 남녀는 함께 술을 마신다.
밤은 깊어가고 둘의 춤이 점점 더 끈적끈적해진다.
비가 내리고 주위 사람들이 사라지자 아예 번갈아
'병나발'을 불며 서로를 애무한다.

그렇게 그날 밤을 함께 보내고 둘은 사랑에 빠진다.

불과 6주 후 그들은 결혼한다.

각자가 최고의 킬러인 존과 제인은 진짜 직업을

서로에게 숨긴 채 6년을 함께 살았다.

어느 날 둘은 동일한 임무를 부여받고,

서로의 방해로 인해 둘 다 임무 완수에 실패한다.

그제야 비로소 상대의 정체를 알게 된다.

인생의 동반자가 경쟁 조직에 소속된 최고의

킬러였던 것이다. 어제까지는 부부,

이제는 서로를 죽여야 하는 입장! 난감할 듯하지만

그들은 프로였고, 프로는 단호했다.

부부간의 살벌한 첫 격전 후 제인은 조직의 본부로

돌아와 술을 마신다.

괴로워하는 제인에게 동료가 말한다.

"그를 사랑하지 않죠? 그럼 죽이면 되겠네요.

그럼 문제는 끝나요."

차가운 바닥에 긴 다리를 드러내고 앉은 제인은
그저 술잔만 비운다.
동료가 퇴근하고 홀로 누운 제인. 잔혹한 킬러가 아닌
사랑을 잃은 여자일 뿐인 그녀의 표정이 쓸쓸하다.
그 옆에 함께 누운 양주잔 하나. 그리고 텅 빈 술병
조니워커 레드.
강한 여자 제인 스미스가 남편 존 스미스와의 지난
사랑을 회상하며 마신 술이 왜 하필 조니워커였을까.
나름대로 상상의 나래를 펼쳐본다.
세계에서 가장 많이 팔리는 스카치위스키 조니 워커의
역사는 1820년 스코틀랜드의 어느 잡화점에서
시작됐다. 창업자의 이름이 바로 존 워커, 즉 남편과
이름이 같다. 물론 내가 생각해도 억지스럽다. 설마

JOHNNIE WALKER
STRIDING WOMAN

그런 것까지 염두에 두고 소품을 선정했을 것 같지는
않다. 게다가 존은 서구에서 흔하디흔한 이름이니까.
한편 조니워커를 세계적인 브랜드로 키운 사람은
존의 아들 알렉산더다. 영국 내수용과 수출용이 각각
다른 이름으로 판매되던 술을 1908년 조니워커로
명명하고 레드 라벨과 블랙 라벨로 분리한 것이
지금까지 이어지고 있다.
애주가라면 조니워커 브랜드의 상징인
스트라이딩 맨Striding Man을 알 것이다.
만화가 톰 브라운이 그린, 실크해트를 쓰고 지팡이를 든
남자. 그의 모습은 활기차고 미래 지향적인 조니워커의
상징이다. 스트라이딩 맨도 알렉산더가 처음 만들었고,
1996년에 현대적인 모습으로 재탄생했다.
시리즈 광고를 통해 줄곧 강조하는 '항상 능동적이고,
주인공으로서의 당당함'이 바로 조니워커의

정신이자 스트라이딩 맨의 모습이다.

그래서일까?

조니워커 한 병을 혼자 비운 제인은 다음 날
언제 슬퍼했냐는 듯 '당당하게' 제정신을 되찾는다.
그러고는 남편을 죽이기 위해 '능동적으로' 행동한다.

영화배우이자 제작자인 안젤리나 졸리는
유엔난민기구 친선대사를 지냈고, 현재도
고등판무관 글로벌 특사로 활동하는 적극적인
사회운동가이기도 하다.

할리우드를 대표하는 스타를 넘어 참으로
멋진 인생을 살고 있는 여성,
안젤리나 졸리는 언제나 '스트라이딩 우먼'이다.

먼로의 마지막 모습이 담긴 슬픈 미국 위스키

가장 할리우드적인 스타였던 영화배우
마릴린 먼로1926~1962는 아직도 '아메리카'의 영원한
섹스 심벌이다. 20세기가 낳은 걸출한 여걸 마돈나의
성공도 이미 오래전에 유명을 달리한 선배에 대한
향수가 어느 정도 역할을 했다.
하나의 '아이콘'으로서의 먼로의 위치는 21세기가
시작된 이후에도 변하지 않았다.
마릴린 먼로가 출연한 영화를 단 한 편도 보지 않은
MZ세대도 그녀의 이름이 가진 '어떤 의미'를
모르지 않을 것이다.
그러나 화려했던 스크린 스타의 실제 삶은 불행했다.
전설적인 야구 스타 조 디마지오를 비롯한 거장들과의

결혼도 그녀를 행복하게 해주지는 못했다.
먼로의 머리에 왕관을 씌워준 대가로 할리우드가
요구한 것은 지나치게 가혹했다.
가련한 여인은 결국 술과 약물에 의지한 채
쓸쓸히 죽었다.
말년의 대표작 〈뜨거운 것이 좋아〉는 최악의 상황에서
촬영됐다. 멍청한 금발 이미지를 벗고 지적이고
내조를 잘하는 부인이 되기 위한 모든 노력이 수포로
돌아갔을 때 먼로는 이미 수면제를 술과 함께
복용하는 최악의 중독 상태에 빠져 있었다.
아이러니컬하게도 〈뜨거운 것이 좋아〉는
코미디 영화다. 하지만 이러한 사정을 알고 나면
웃음보다는 눈물이 난다.
먼로는 스스로 "머리가 비었다"라고 생각하는
알코올 중독의 금발 미녀 캐릭터로 분했기 때문이다.

밀주 제조업자와 경찰의 머리싸움이 한창이던
1929년 금주법 시대의 미국 시카고가 배경이다.
악기 연주자인 조(토니 커티스)와 제리(잭 레몬)는
갱단을 피해 여장을 하고 여성 악단에 들어간다.
플로리다로 연주 여행을 가는 기차 안. 일행 중에는
항상 술에 취해 있는 가수 슈가(마릴린 먼로)가 있었다.
조와 제리가 화장실에서 처음 부딪쳤을 때도 슈가는
몰래 위스키를 마시고 있었다.
그녀는 말한다.

"난 알코올 중독 아냐. 언제든 끊을 수 있으니까.
하지만 지금은 끊고 싶지 않아."
"다들 술 마시는데 매번 나만 걸려.
내 인생 같아. 항상 꼬이고 재수가 없거든."

말을 마친 슈가는 납작한 휴대용 술병을 허벅지를 덮은 스타킹 속에 감춘다. 야간 열차의 깜짝 파티를 위해 위험을 무릅쓰고 동분서주할 때 슈가는 태연히 말한다.

"머리가 없는 거야.
머리가 있으면 이렇게 살진 않아."

대사 하나하나가 마치 그 시절 마릴린 먼로의 슬픈 자학처럼 느껴져서 서글프다.
그러나 압권은 역시 저 유명한 '버번 신'이다.
백만장자와의 결혼이 물거품이 된 후 화장대 서랍을 열며 읊조린 단 한 줄의 대사가 문제였다.

"버번은 어디 있지?"

BOURBON
WHISKEY

미국에서
생산

태운
새 오크통에서
숙성
BOURBON
WHISKEY
옥수수
51% 이상
사용

그 신은 무려 47번의 테이크가 갔다고 전해진다.
빌리 와일더 감독은 그 짧은 대사를 못 외우다가
심지어는 다른 서랍까지 여는 먼로를 위해
모든 서랍 속에 대사가 적힌 종이를 넣어두었다.
먼로의 대표작은 몸과 마음이 이미 피폐해진 최악의
상황에서, 그렇게 촬영되었던 것이다.
옥수수를 주재료로 만드는 버번은 미국을 대표하는
위스키다. 켄터키주의 버번카운티가 고향이고,
첫 생산된 1789년은 초대 대통령 조지 워싱턴이 취임한
해이기도 하다. 51퍼센트 이상의 옥수수 비율과 반드시
불에 태운 새 오크통에서 숙성시켜야 하는 등의
다양한 조건을 충족해야 '버번'이라는 이름을 붙일 수
있다.
오직 미국에서만 생산되기 때문에 버번은
'아메리칸 위스키'의 별칭처럼 인식되기도 한다.

나에게 버번은 슬픈 술이다.
마릴린 먼로의 안타까운 마지막 날들이
떠오르기 때문이다.
먼로는 1962년에 약물 과용으로 사망했다.
자살로 공식 발표됐지만 케네디 형제 연루설 등
여러 가지 의혹이 끊이지 않았다.
그 후 자본주의 종주국 미국은 소장용
버번위스키 '마릴린 먼로'를 만들었다.
환풍구 바람에 날리는 치맛자락을 붙든
먼로의 모습으로 디자인된 술병이다.
먼로의 대표적인 이미지로 자리 잡은 이 모습은
그녀의 또 다른 대표작 〈7년 만의 외출〉의
한 장면이다.

PART 3

세계는 넓고 술 종류는 많다

그 술을 마시면 우리도 보헤미안이 될까?

"갑자기 〈물랑루즈〉가 너무 보고 싶어졌어."

그날도 밤늦은 술자리였다. 영화 투자사의 K군과 C양,
영화 마케터 L양이 그 밤의 동반자였다.
술에 취한 나는 기면증 환자인 양 잠시 졸다가
눈을 뜬 후 그렇게 말했다.
어떤 대화 도중이었는지는 잘 기억나지 않는다.
다만 생생한 것은 C양의 다음 말이다.

"영화가 아니라… 마치 애인이 보고 싶다는 말 같아요."

흔한 일이지만, 대부분의 유쾌한 술자리는 갑작스럽게

만들어진다. 그날 역시 그랬다. 천겹살과 소주로 몸을 데운 우리는 강남에서 제일 싸다는 맥줏집으로 2차를 갔다. 그리고 K군은 3차로 노래방을 제안했다. 나는 몹시 피곤했지만 그들의 젊은 열정에 차마 찬물을 끼얹지 못했다. 아무튼 모처럼 기분 좋게 취한 나는 오랜만에 가식 없이 마이크를 잡았다. 나의 레퍼토리는 크라잉넛, 리키 마틴, 콰이어트 라이엇 등이었다.
지금 생각하면 끔찍하기 그지없다. 하지만 그 노래들은 그날 밤 그 순간 나의 진실이었을 것이다.
나는 뮤지컬 영화를 좋아한다. 그 이유 중 하나는 몹시 취한 날, 눈을 감고도 영화를 보며 잠들 수 있기 때문이다. 또한 춤과 노래로 인생을 표현한다는 것은 얼마나 기막힌 일인가. 노래방에서 우리는 정신없이 노래하고 몸을 흔들었다.
선택한 노랫말에 혼신의 힘을 실으며.

같은 직장에서 만난 K군과 L양은 올해 결혼 예정인
커플이었다. L양은 노래 가사에 K군의 이름을 넣어
사랑을 표현했다. 그날만큼은 너도 나도,
우리 모두가 뮤지컬 배우였던 모양이다.
노래방에서도 나는 멋진 뮤지컬 영화 〈물랑루즈〉가
보고 싶어 죽을 지경이었다.
크라잉넛의 펑크곡 '서커스 매직 유랑단'을
부르면서 크리스티앙(이완 맥그리거)처럼
'보헤미안 혁명의 자식'이 되고 싶다는 생각을 했다.
가난 속에서 진리와 아름다움, 자유와 사랑을
노래하고자 했던 1900년 파리의 그 남자처럼.
나는 영화의 도입부, 샤틴(니콜 키드먼)을 만나러
물랑루즈로 가기 전 크리스티앙이 마신 초록빛 독주가
갑자기 궁금해졌다.
한 잔의 초록빛 술은 크리스티앙의 낯빛을

푸르게 하며 새로운 도전을 향한 용기를 갖게 했다.

그날 밤 만취 상태로 집으로 돌아온 나는 영화에 나온 술병에 박힌 압생트 라벨을 굳이 확인했다.

스위스가 고향이지만 영화의 배경인 19세기 말 프랑스에서 선풍적인 인기를 끌었다.

압생트는 원료인 향쑥의 라틴명 압신티움absinthium에서 유래했다. 알코올 도수가 높게는 80도나 되는 강력한 독주였는데, 그게 다가 아니었다.

향쑥은 간질과 환각을 일으킨다고 해서 원산지인 프랑스와 스위스에서도 사용이 금지되기도 했다.

압생트의 위험성은 조연으로 출연한 실존 인물인 화가 앙리 드 툴루즈 로트레크의 생애에서 잘 드러난다.

천부적인 예술적 재능과 사회적 금기에 도전하는 용기를 가진 똑똑한 남자였지만 로트레크는 알코올 중독자였다.

ABSINTHE
ABSINTHE
Fee VERTE
MOULIN ROUGE

술을 못 마시게 하려고 집에서 감시인까지 붙이자
지팡이에 몰래 독주를 채워 마셨는데, 그 술이 바로
압생트였다고 후세는 추정한다.
영화에서 니콜 키드먼이 맡은 초록빛 요정도
영화적 상상력의 산물이 아니다.
압생트는 로트레크의 시대에 이미 '녹색의 요정',
'녹색의 악마'로 불렸으니까.
무척 궁금했지만, 그래도 압생트를 찾아
마실 용기를 내지는 못했다.
하지만 굳이 초록빛 그 술일 필요는 없다.
어떤 술이라도 가끔씩은 나를 보헤미안으로 만든다.

영국의 자랑 vs 미국의 자존심

가장 좋아하는 크리스마스 영화는 무엇입니까?
많은 이들이 주저 없이 워킹타이틀 사의 로맨틱 영화
〈러브 액츄얼리〉를 외칠 것이다. 한국에서도 2003년
처음 개봉한 후 지난해 12월을 포함해 총 여섯 번
재개봉한 명실상부한 스테디셀러 영화다.
다양한 사랑의 모습을 담은 그 옴니버스 영화는
'각박한 세상이지만 사랑은 어디에나 있다'라고
차분히 주장한다.
마약 중독자였던 늙은 로커 빌리 맥(빌 나이)은
크리스마스이브에 차트 정상에 오르며
과거의 명성을 회복했다.
하지만 반라의 젊은 여인들이 달라붙는 엘튼 존의

파티를 박차고 나와 자기 집에서 외롭게 홀로 있는
매니저를 찾아간다. 그때 그의 손에 들린 술병이
인상적이었지만 브랜드를 알 수 없어 워킹타이틀
본사가 있는 런던의 후배에게 문의했다.
하지만 그곳의 영국인 '펍Pub 마니아'들도
"부유층 노인들이 마시는 와인인 셰리 같다"고
추측할 뿐 정확한 브랜드명을 아는 이는 없다는
회신이 왔다.관저 비서 나탈리(마틴 맥커친)에게 반한
미혼의 젊은 총리(휴 그랜트)는 자신의 신분 때문에
괴로워한다. 미국 대통령의 방문과 정상회담으로
피곤하던 그는 못 볼 것을 본다.
미국 대통령이 그녀에게 '부적절한 행위'를 하려던
장면을 목격한 것이다. 뻔뻔스럽게도 미국 대통령은
"(나탈리가 서빙한) 스카치위스키가 훌륭하다"라는 말로
대충 상황을 무마한다.

은근히 나탈리에게 끌리던 젊은 영국 총리의 분노는
공동 기자회견에서 표출된다.
해리포터나 데이비드 베컴 등 영국의 위대함을
나열하며, 미국의 힘에 더 이상 굴복하지 않겠다고
노골적으로 선언한다.
그런데 영국의 자랑 스카치위스키에 대해서는 굳이
말하지 않았다. 관저에서 이미 들었듯, 그것은
미국 대통령도 이미 알고 있기 때문이었을 것이다.
'사랑을 찾아 미국에 가는' 약간 덜떨어진 영국 청년의
이야기도 재미있다. 어느 날 그는 특이한 생각을 한다.

"내가 여자들에게 인기가 없는 이유는
'영국 여자의 쌀쌀함' 때문이야.
미국 여자들은 나의 멋진 영국 발음에 푹 빠질 거야."

콜린은 '결코 그렇지 않을 것'이라는 친구의 만류를
뿌리치고 결국 미국으로 간다. 그리고 어느 바에 앉아
버드와이저를 주문한다. 그리고 꿈은 이루어진다.
늘씬한 금발 미녀들이 콜린의 영국 발음에 무작정
반하기 시작하는 것이다.
'스카치위스키'가 영국을 대표한다면, '버드와이저'는
미국의 술이다. 세계 맥주 생산량 1위를 자랑하는
버드와이저의 슬로건 '맥주의 왕King of Beer'은
그 자체가 오만한 미국의 자부심이다. 콜린도 그 사실을
알고 버드와이저를 주문한 것일까? 그가 미국에 온
이유는 '제왕 같은 사랑'을 위해서였으니까.
관저에서 일하는 젊은 여성에게 '집적대는'
미국 대통령은 영화가 제작되기 불과 몇 년 전 세상을
떠들썩하게 했던 클린턴 대통령과 르윈스키 사건을
떠올리게 한다.

SCOTCH WHISKY
KING OF WHISKY
VS
Budweiser
KING OF BEERS
SCOTCH
스카치
BUD
버드

하지만 이 영화 때문에 양국 간 외교 분쟁이 있거나
클린턴 본인이 명예훼손으로 제작사를 고발했다는
이야기는 들은 적이 없다.

영국을 대표하는 영화 제작사 워킹타이틀이 미국의
유니버설 스튜디오와 함께한 역사는 오래되었다.
역시 휴 그랜트 주연의 로맨틱 코미디
〈노팅힐〉로저 미첼 | 1999 이후 70여 편의 명작과
흥행작을 함께 만들었고, 최근 2025년까지
계약을 연장했다. '영국의 자랑' 스카치위스키와
'미국의 자존심' 버드와이저가 사이좋게
나란히 출연한 것은 당연한 일이다.

인간을 모험으로 이끄는 신의 선물

벽에 걸린 십자가가 떨어지자 기적이 일어났다.
충격으로 열린 냉장고 속의 데킬라 한 병. 입원실
룸메이트 마틴(틸 슈바이거)과 루디(잔 조세프 리퍼스)는
묵묵히 죽음을 기다리는 가련한 청춘들이다.
한 명은 뇌종양, 다른 한 명은 골수암!
할 수 있는 일이라고는 아무것도 없었다.
하지만 우연히 만난 투명한 증류주는 그들을
갑작스러운 파티장으로 이끌었다. 병원 주방을 뒤져
찾아낸 소금 부대와 충분한 양의 레몬.
천국의 문 앞에서 마시는 마지막 한 잔.
데킬라의 취기는 그들에게 탈출을 권유했다.
지하 주차장으로 가는 어두운 복도, 환자복을 입은

맨발의 그들은 심하게 흔들리고 있었다. 태양의 나라 멕시코를 상징하는 술 데킬라는 마시는 이를 모험으로 이끄는 마력이 있다. 독일 영화 〈노킹 온 헤븐스 도어〉는 하나의 극단적인 사례일까?
우리의 현실에서도 데킬라라는 술의 이미지는 다소 극단적이다. 항상 접하기 쉬운 곳에 있지만 마시면 위험(?)하다는 사실을 잘 알기 때문이다.
그래서 나에게도 데킬라는 항상 최후의 선택이었다.
지나치게 그 매력에 빠져드는 것을 이성이 방해하기 때문이다. 위험하기 때문이다. 하지만 일단 첫 잔을 들이켜는 순간 상황은 걷잡을 수 없다.
미국의 헤비메탈 밴드 스키드로는 '18&Life'에서 이렇게 노래했다.

"데킬라를 마신 그는 가솔린처럼 불탔지."

나 같은 보통 사람도 데킬라를 만나면 태양처럼
불타오른다. 죽음이 임박한 마틴과 루디의 마지막
몸짓이 그토록 뜨거웠던 것은 전혀 이상한 일이 아니다.
비단 40도를 웃도는 알코올 도수 때문만도 아닐 것이다.
데킬라의 포로가 된 마틴은 루디에게 말한다.
마치 멋진 시구를 읊조리듯.

"천국에서는 바다에서 바라본 일몰만을
이야기할 뿐이야. 바다를 본 적이 없는 너는 별로
할 말이 없어 소외감으로 겉돌겠네."

하필 100만 마르크 돈가방이 든 갱단의 벤츠를
훔쳐 타고 떠난 마지막 여행. 상황은 예기치 않게
복잡해지지만 신은 그들을 저버리지 않는다.
마지막 장면, 쓸쓸한 바람이 부는 새벽 바닷가를 향해

KNOCKING ON HEAVENS DOOR

발걸음을 옮기는 루디의 오른손에 들린 3분의 2쯤

채워진 데킬라 병….

루디의 한 모금,

마틴의 한 모금,

그리고 생의 최후의 순간….

데킬라는 독특한 음주 방식으로도 유명하다.

먼저, 흙먼지를 뒤집어쓴 무법자가 급히 목을 축인 후

라임 즙과 굵은 소금을 입안에 털어 넣던 '슈터Shooter'.

그리고 베아트리체 달의 영화 〈베티블루 37.2〉의

흥겨운 술판에서 나왔던 화끈한 칵테일

'슬래머Slammer'. 또 연인의 목덜미를 이용하는

에로틱한 음주법 '보디 샷Body Shot'.

하지만 루디와 마틴에게는 데킬라

그 자체만으로도 충분했다.

콜롬비아 출신의 작가 알바로 무티스는 데킬라를
'신의 선물'이라고 표현했다.
신은 입원실의 두 청춘에게 데킬라를 보냈고,
그들은 그토록 갈망했던 바다를 보며 스러졌다.
만약 그들에게 데킬라가 없었다면…,
아! 생각만 해도 마음이 울적해진다.

액션 드링킹! 지나치게 화끈했던 삶

잭슨 폴록. 현대미술의 혁신적 사조였던
추상표현주의의 거목. 화폭을 바닥에 놓고 물감을
흩뿌리는 '액션 페인팅' 기법을 창시한 파격의 예술가.
하지만 그의 생애는 '술과의 전쟁'이기도 했다.
죽음 역시 술이 원인이었다. 심야에 만취 상태로
운전하다가 교통사고로 유명을 달리했다.
그의 나이 마흔네 살이었다.
에드 해리스가 연출과 주연을 맡은 영화 〈폴록〉은
기인 화가 잭슨 폴록1912~1956의 예술과 생애를
사실적으로 묘사한다.
그에게는 알코올 중독자인 그의 재능을 알아보고
헌신한 여인 리 크레이즈너(마샤 가이 하든)가 있었다.

그녀의 도움으로 그는 술을 끊고 예술적 성공을 거두기 시작했다. 하지만 천재의 내면은 심약하기 그지없었다. 술에 취한 잭슨은 말 그대로 망나니였다.

저녁 식탁을 엎어버리고, 점잖은 파티장의 벽난로에 소변을 본다. 스스로도 후회하고 반성하지만, 금세 다시 알코올에 의지한다.

어느 날 그는 외상값을 갚으러 간 식료품 가게에서 돈 대신 그림 한 장을 내민다. 화면이 바뀌면 맥주 상자를 자전거에 실은 채 비틀거리며 달리는 잭슨의 모습이 나온다. 그냥 달려도 아슬아슬한데 모험을 시도한다.

집에 도착할 때까지 참을 수 없었는지 그는 맥주 한 병을 꺼내 자전거를 탄 채 마시기 시작한다. 결국 맥주 한 상자는 도로를 적시는 운명이 된다.

맥주가 자주 등장하는 것은 그나마 잭슨의 '절제'를

의미하는 것일지도 모른다. 하지만 최악의 상황에
이르자 잭슨은 결국 바카디Bacardi를 선택한다.

세계적으로 가장 많이 팔리는 증류주 바카디는
75.7도의 살인적 도수로 유명하다. 바텐더의 불쇼에
바카디가 자주 애용되는 것도 알코올 도수로 인한
강력한 인화력 때문이다. '한국 최초의 칵테일 바'가
배경이었던 영화 〈쇼쇼쇼〉김정호 | 2003에서
이선균은 실제로 바카디를 입에 머금고 불쇼 장면을
촬영하기도 했다.

바카디의 고향은 쿠바다.
여느 럼주와 달리 곡물이 아닌 사탕수수를 원료로 한다.
강력하지만 달짝지근한 맛이 특징이고,
다른 재료의 맛을 돋보이게 하는 성질이 있어

칵테일 베이스로도 애용된다.

또한 바카디는 자유로운 정신과 개성을 상징한다.

우리나라의 경우 홍대 클럽의 테크노 파티 등

언더그라운드 문화권에서 사랑받기 시작했다.

생각해보면 내가 처음 바카디를 즐겼던 곳도

홍대 클럽들이었다.

한때 테크노와 언더그라운드 록에 심취한 적이

있었고 마지막 술자리는 대부분 홍대 쪽이었다.

테크노 파티를 기획하기 위해 클럽 관계자들을 만나고

스폰서 기업을 유치하기 위해 발로 뛰던 시절이었다.

영화의 경우도 상업영화와 독립영화의 구조는

극명하게 다르다.

굳이 코로나 팬데믹이 아니더라도 블록버스터

상업영화만이 제작되고 상영될 수 있는 세상으로

급변하고 있다.

굳이 따지자면 나는 상업영화 제작자지만
어쩌다 보니 많은 독립영화의 제작과 투자에 참여했다.
그 독립영화들은 개인적으로도 무척 자랑스러운
필모그래피로 남아 있다.
하지만 영화든 음악이든 '독립'으로 살아남기가
점점 더 힘들어졌다. 나 역시 작은 영화에 힘을
보태기가 어려워지고 있다. 안타까운 현실이다.
개성 넘치는 뛰어난 작품과 신인 창작자는
거대 자본의 개입이 없을 때 탄생하는 경우가
더 많기 때문이다.
최고 매출을 자랑하는 굴지의 위스키 브랜드들은
대부분 할리우드 블록버스터 영화의 PPL에
열심이다.
그에 반해 스페인 출신의 창시자
돈 파쿤드 바카르디가 쿠바에서 처음 출범시킨

바카디앤컴퍼니Bacardi&Company는 오히려
대중적이지 않은 독립예술가들의 후원에
관심을 가졌다고 한다.
정말 고마운 일이 아닐 수 없다.
아무튼 '화끈하게 불타오르는 술' 바카디는
딱 어울리는 '잭슨 폴록의 술'이다.

우리 생애 가장 맛있었던 맥주

세상에서 가장 맛있는 맥주를 마셔본 적이 있는가?
1949년 5월 앤디와 옥상에서 타르 칠을 했던
동료 죄수들이라면 바로 고개를 끄덕일 것이다. 무려
19년 동안 치밀하게 탈옥을 준비한 불굴의 정신을 담은
영화 〈쇼생크 탈출〉의 관객들도 쉽게 공감할 것이다.
은행가 앤디 듀프레인(팀 로빈스)은 아내를 죽였다는
누명을 쓰고 종신형을 선고받는다. 그가 수감된 곳은
악명 높은 쇼생크 교도소. 짐승 같은 교도관들의 린치와
동료 죄수의 폭력이 난무하는 지옥에서도 그는 희망을
잃지 않고 적응해 나간다.
햇살 따스한 어느 봄날, 행운이 찾아왔다.
모처럼 야외 작업에 앤디를 비롯한 그의 동료들이

차출된 것이다. 그런데 앤디의 귓전에 가장 악랄한
교도관의 푸념소리가 들린다. 유산을 상속받게
되었는데 세금을 떼면 오히려 손해라는 말이었다.
앤디는 어떤 수감자도 감히 근접하지 못하는
그에게 다가가더니 황당한 질문을 던진다.

"부인을 믿으세요?"

처음에는 당연히 앤디를 죽일 듯이 반응한다.
그러나 앤디의 다음 말에 그는 귀가 솔깃해진다.
자고로 '세금'과 '절세' 앞에 무너지지 않을 사람은
없는 법.

"부인을 통하면 면세가 가능합니다."

앤디의 요구는 간단했다.
지금 함께 일하고 있는 동료 죄수들에게 시원한 맥주를
마시게 해달라는 것이었다. 그렇게만 해주면 세금을
안 낼 수 있게 처리해주겠다는 심플한 기브앤테이크.
흥정은 바로 이루어졌다.
잠시 후 얼음 통에 넣어 차갑게 한 미국 토종 맥주인
스트로스 보헤미안 병맥주를 열 명 남짓한 죄수들이
한가로이 마시며 행복에 겨워하는 장면이 이어진다.
영화의 내레이션도 담당했던 최고참 죄수
레드(모건 프리먼)는 그 순간의 느낌을
"마치 자유인이 된 듯했다. 남부러울 게 없었다"라고
표현했다. 단 한 명, 앤디는 맥주를 마시지 않고
그저 묘한 미소를 띤 채 앉아 있었지만.
영화 〈쇼생크 탈출〉의 원작은 스티븐 킹의 소설
《사계 Different Seasons》1982 중 봄편인

〈리타 헤이워드와 쇼생크 탈출〉이다.

소설은 '세상에서 가장 맛있는 맥주' 신의 전 과정을 영화보다 더 상세히 기술했다. 그런데 단 하나 다른 점이 있다. 영화에서 앤디가 내건 '시원한'이라는 조건은 원작에 없는 내용이다.

이번에는 소설 속 레드의 말을 인용해보자.

"맥주는 오줌처럼 미지근했지만
평생 먹어본 것 중 최고였다!"

많은 영화들이 다른 장르의 '원작'을 가지고 있다. 대부분의 할리우드 고전 명작들은 먼저 나온 동명 소설을 영화화한 것이고, 요즘 들어 세계 스크린을 장악한 마블과 DC의 블록버스터들은 아주 오래 전에 출간된 만화책이 원작이다.

바야흐로 오리지널 IP의 시대다.
그 정점에는 웹툰과 웹소설이 있다.
베스트셀러 소설도 순문학과 장르문학을 가리지 않고
영상화 판권이 비싸게 팔린다. 하지만 판권 계약이
되었다고 해서 바로 영화나 드라마가 나온다고
생각하면 오산이다.
좋은 원작은 좋은 영화의 훌륭한 씨앗이지만,
반드시 좋은 열매가 열리는 것은 아니다.
장르에서 장르로, 미디어에서 미디어로 변환하는 것을
각색adaptation이라고 한다. 그런데 그것이 보통 어렵고
시간이 많이 걸리는 작업이 아니다. 많은 선택받은
원작이 영상화되지 못하고 좌초하는 것이 그 때문이다.
스티븐 킹의 열혈 팬이라면 영화가
'오줌같이 미지근한 맥주'를 '얼음 통에 넣어
차갑게 한 맥주'로 각색한 것에 불만을 느낄 수 있다.

SHAWSHANK
REDEMPTION
STROH'S
BOHEMIAN
STYLE
BEER

나 역시 비슷한 느낌이었다. '생애 최고의 맥주'라는 상황으로서 영화보다 한층 더 감동적이고 애틋하다고 생각한다.

하지만 나는 현직 영화인으로서, 영화를 위한 변명도 덧붙이고 싶다. 혹시 영화 〈쇼생크 탈출〉의 '차갑게 식힌 맥주'는 더운 여름날 답답한 극장에 앉아 영화를 보게 될 관객들의 보편적 감정 이입을 위한 '세심한 배려'가 아니었을까.

영화는 순수문학인 소설보다 한층 더 '고객'을 생각해야 하는 법이니까.

데킬라든 맥주든 라임은 필수!

멕시코 변두리의 작은 마을에 두 남자가 나타난다.
약속이나 한 듯 검은 옷에 검은 기타 케이스를 들고.
하지만 그 외에는 모든 것이 달랐다.
아름다운 음악을 연주하기 위해 유랑하는 악사
마리아치(카를로스 가야르도)와 옛 동료에게 돈을
받아내기 위해 총이 숨겨진 기타 케이스를 든
아줄(레이놀 마티네즈).
'착한 남자' 마리아치는 목이 생명인 가수인지라
술을 전혀 마시지 않고, '나쁜 남자' 아줄은
맥주만 마신다. 사건은 악당들이 두 남자를
혼동하면서 시작된다.
'선댄스 키드' 로버트 로드리게스 감독이 각본,

연출, 촬영, 편집 등 제작 전 과정을 혼자 해치운
7천 달러짜리 영화 〈엘 마리아치〉는 그를 할리우드로
이끌었다. 안토니오 반데라스 주연의 〈데스페라도〉가
바로 할리우드 리메이크 확장판이다.
미국인 감독이 멕시코 국적의 데뷔작으로 할리우드에
우회 진입했다는 점이 재미있다. 하지만 로드리게스가
태어나고 자란 텍사스주의 샌안토니오가 원래
멕시코 땅이었던 국경지대의 도시라는 점을 생각하면
그리 놀라운 사실은 아니다.
그래서 멕시코 공용어인 스페인어로 더빙된
〈엘 마리아치〉는 멕시코 특유의 정서가 자연스럽게
담겨 있다.
이쯤에서 센스 있는 독자라면 이런 의문을 가질 법하다.
왜 데킬라가 아닌 맥주인가? 굵은 소금과 라임을
곁들여 마시는 데킬라는 '정열의 나라' 멕시코를

상징하는 술이 아니던가. 대답은 간단하다.
'데킬라의 나라'는 토종 맥주의 힘도 어느 나라보다
강한 곳이기 때문이다.
멕시코 맥주는 1821년 독립 이후 독일의 양조기술을
받아들여 만들어졌다. 하지만 독특한 기후는
후발주자라는 점을 무색케 하는 특별한 맛의 맥주를
빚어냈다. 우리에게도 인기 높은 코로나를 비롯해서
솔, 네그라모델로, 테카테, 보헤미아 등의 다양한
토종 브랜드 맥주들이 인기를 끌고 있으며,
멕시코 사람들은 맥주를 술이라기보다는 음료수처럼
즐긴다.
그런데 황당한 일이 생겼다. 2019년에 전 세계를
강타한 전염병에 멕시코의 대표 맥주 코로나와
영어 스펠링까지 똑같은 이름이 붙여진 것이다.
그때부터 현재까지 전 세계를 괴롭히고 있는 병명이

제품명이 됐으니 제조사 입장에서는 대체 도움이
될지 말지 혼란스러웠을 것이다.
다행히 찝찝해서 코로나 맥주를 마시지 않는 일은
발생하지 않았다. 오히려 상황은 반대가 됐다.
코로나19 방역 시책 때문에 생산이 중단되면서
맥주 품귀 사태가 일어났다. 사재기 열풍에 힘입어
맥주 가격이 폭등했다.
가뜩이나 재택 격리를 버텨야 했던 멕시코 사람들은
'코로나 없이, 코로나 격리를 버틸 수 없다'라며
'웃픈' 현실을 호소했다고 한다.
다시 영화로 돌아오자. 〈엘 마리아치〉에 맥주는
총 네 번 등장한다. 병에 담겨서 두 번, 캔에 담겨서
한 번, 그리고 생맥주의 형태로 한 번.
두 군데 술집에서 맥주를 컵에 따르던 남자 바텐더들은
모두 아줄에게 핀잔을 듣는다.

코로나 CORONA
LIME 라임
Corona
Extra
LA CERVEZA MAS FINA
CERVECERIA MODELO, SA DE
MEXICO. DF

"병으로! 멍청아!"

데킬라처럼 라임을 곁들이는 것이 멕시코 맥주의
독특하면서도 당연한 음용법이다.
하지만 자세히 보니 배우들은 내내 라임 없는
깡맥주(?)를 마셨다. 워낙 저예산 영화라서
라임 살 돈이 없어서 그랬을까?
설마 그랬을 리는 없을 것이다.
하지만 작은 영화의 특성상 촬영 횟수를 비롯해
모든 것을 줄여가며 빨리빨리 작업을 마무리해야
했을 것이다. 독립영화의 제작은 많은 것을 포기해야
하는 아쉬움 속에서 이루어진다.
혹시 라임도 그렇게 양보된 소품은 아니었을까.

술의 향취는 통역이 필요 없다!

오래전에 《나는 일본 문화가 재미있다》라는 책이 베스트셀러가 된 적이 있다. 왜 그랬는지 몰라도, 모두들 '일본 문화' 자체에 관심이 많았던 시절이었다. 반일 감정에 대한 논의를 차치하고 보면, 사실 1990년대까지만 해도 우리는 일본 문화 산업에서 많은 것을 배웠고, 심지어 도용하기도 했다. 놀랍게도 2022년 현재 한국과 일본의 문화 콘텐츠 산업 경쟁력은 정반대 상황이다. 하지만 아무튼 그랬던 시절이 있었다. 일본 문화가 세계적으로 재미있었던 시절이 있었다. 그런데 지난 2003년 CF 촬영차 일본을 찾은 중년배우 밥 해리스(빌 머레이)는 일본 문화가 그다지 재미있지 않았던 것 같다.

아니, 모든 것이 아예 마음에 들지 않았다.
일본의 대체 무엇이 그를 그토록 짜증나게 했을까.
영화 〈사랑도 통역이 되나요?〉의 공간적 배경은
일본이다. 밥이 도쿄를 방문한 이유는 명확했다.
아내와 자식들로부터 잠시나마 벗어나기 위해, 그리고
200만 달러를 벌기 위해. 그런데 무슨 일인지 처음부터
별로 행복하지 않은 표정이었다.
물론 제목에서 보는 것처럼, 미덥지 않은 통역도
큰 역할을 했다. 젊은 CF 감독은 분명 오랜 시간 열변을
토하며 뭔가 주문했다. 그런데 여자 통역의 말은 항상
짧다. 밥이 "그 말만 했소?" 하고 재차 확인해도
그녀의 대답은 역시 단호하고 짧았다.
TV도 짜증스럽고, 음식도 마음에 안 들고, 일본인 키에
맞춘 낮은 샤워기도 불편하다. 심지어 광고주가 보내준
콜걸마저도 황당하기 이를 데 없었다.

밥은 그저 한시라도 빨리 일본 땅을 떠나고 싶다는 생각뿐이었다.
그러나 최악의 장소에서도 모든 불만을 일시에 해소해줄 우연한 만남은 존재한다. 밥은 어느 바에서 우연히 만난 젊은 여인과 사랑에 빠진다. 사진작가 남편을 따라 일본에 온 샬롯(스칼렛 요한슨)이다. 밥은 샬롯에게도 일본에 대한 갑갑한 감정을 숨기지 않는다. 그런데 모든 것이 싫었던 일본에서 단 하나 마음에 드는 것이 있었으니… 그는 말했다.

"일본 위스키는 입에 맞아요."

〈대부〉의 프랜시스 코폴라 감독의 딸로도 유명한 소피아 코폴라 감독은 평단과 유수 영화제로부터 찬사를 받은 자신의 두 번째 작품을 "사랑과 기억에

관한 영화"라고 설명한다. 개인적으로는 한국 개봉
제목이 영화의 품격에 미치지 못했다고 생각했다.
영어 원제는 〈Lost in Translation〉이다.
주연 빌 머레이와 스칼렛 요한슨도 오래 기억될 만한
호연을 펼쳤다. 그러나 '술과 영화에 관한' 글의
주인공은 따로 있다. 짐작하는 것처럼
산토리 위스키! 일본 올로케로 촬영된 미국 영화가
선택한, 일본을 대표하는 양주다.
일본을 일약 5대 위스키 생산국으로 만든 산토리 사의
창업주는 도리이 신지로다. 1899년 위스키의 본고장
스코틀랜드에서 양조 기술을 배운 다케츠루 마사타카를
스카웃해서 증류소를 만들었다.
위스키를 차가운 물이나 잘게 간 얼음에 섞어 마시는
독특한 주법인 '미즈와리'를 보급한 것도 산토리의
전략이었다고 한다.

MAKE IT
SUNTORY TIME

산토리 위스키는 탁월한 광고 전략으로도 유명하다.
술 만드는 회사가 '술을 덜 마시자'라는
절주 캠페인으로 불황을 극복한 사례도 있었다고 한다.
기막힌 광고 카피들이 주었던 독특한 감흥은 또 어떤가.

"바른손의 고생을 왼손으로 잊는다."
"불타는 마음은 무엇으로 달래는가?
꼬인 실은 무엇으로 푸는가? 마개를 여는 순간,
마음의 긴장은 풀리기 시작한다."
"사랑은 먼 옛날의 불꽃이 아니다."
"별의 수만큼 사람이 있고
오늘 밤 당신과 마시고 있다."

영화 속의 밥은 싱겁게도 "나만의 여유,
산토리 타임!"만을 읊조렸다.

한때 카피라이터가 되기 위한 공부를 열심히 한 덕분에,

그야말로 주옥같은 산토리의 명카피들을

기억하는 나로서는 조금 아쉬웠다.

하지만 어쩔 수 없는 일이다.

밥은 일본어를 전혀 몰랐고, 통역은 불친절하기

그지없었으니까.

실연 극복을 위한 강력 처방

막 실연당한 오동통한 여성이 선택의 기로에 있다.
평생을 자포자기하며 살다가 경찰견에게 시체로
발견되느냐 마느냐. 하지만 자신을 이토록 비참하게
만든 나쁜 남자와 그의 말라빠진 약혼녀에게 이대로
질 수는 없었다.
대신 선택한 것은 보드카와 샤카 칸Chaka Khan!
전 세계의 '비자발적' 노처녀들에게 용기를 준
로맨틱 코미디 영화 〈브리짓 존스의 일기〉에는
술로 인한 명장면이 많다.
일단 서른두 살의 첫 날을 홀로 맞으며, 레드와인에
취한 채 처절한 립싱크를 하던 브리짓(르네 젤위거)의
모습이 먼저 떠오른다. '더 이상은 혼자 있기 싫다'라는

처량한 노래 가사를 울먹이듯 따라 부른 후
그녀는 결심한다.
슬픈 노래나 틀어주는 라디오는 이제 안 듣는다.
62킬로그램이나 나가는 몸무게를 줄이고,
매일 일기를 쓰며 마흔두 갑의 흡연량과 50병의
음주량도 관리한다. 그리고 멋진 애인을 만든다.
단 알코올 중독자, 일중독자, 변태 등은 절대 안 된다.
바람둥이 기질이 다분한 직장 상사 다니엘(휴 그랜트)과
연인 사이가 되면서 인생이 계획대로 착착 진행되는 듯
하다. 하지만 그는 천생 바람둥이였다.
얼마 후 미국 지사에서 온 어리고 날씬한 여자와
약혼했다는 고백을 듣게 된다. 외로운 새해맞이는
와인으로 그럭저럭 끝냈었다. 하지만 이쯤 되면
좀 더 강력한 처방이 필요한 법. 그녀가 보드카를
고른 것은 어쩌면 당연한 선택이었다.

독한 술의 대명사인 보드카의 고향은 러시아다.
강한 알코올 맛이 특징인 증류주로, 12세기경부터
음용돼온 농민의 술이다. 1917년 볼셰비키 혁명 이후
서구에 전해졌고, 금주법 이후 제조법이 전수된
미국의 현재 생산량은 본고장 러시아를 넘어선다.
브리짓 존스의 보드카도 러시아 국적이 아니다.
샤카 칸의 노래 'I'm every woman'이 힘차게 흐를 때,
쓰레기통 속으로 던져지던 빈병에는 파란색
'앱솔루트 보드카Absolute Vodka' 로고가 찍혀 있다.
우리에게도 친숙한 앱솔루트는 1879년 스웨덴에서
탄생한 가장 유명한 보드카 브랜드다.
감자로 만드는 러시아 보드카와는 달리 스웨덴
남부산의 곡물이 원료다. 무색, 무미, 무취의 보드카는
과일주스와 섞거나 칵테일 재료로도 애용된다.
하지만 화끈한 브리짓은 주법만큼은 스트레이트 잔을

압솔루트 보드카
ABSOLUT VODKA
ABSOLUT
VODKA
MADE IN
SWEDEN
I CHOOSE VODKA
브리짓 존스의 일기

목구멍으로 바로 넘기는 '러시안 원샷'을 선택했다.

진짜 러시아 보드카가 등장하는 영화도 있다.

톱스타와 보디가드의 멋진 사랑을 그린 영화

〈보디가드〉믹 잭슨 | 1992를 기억하시는지.

영화는 모르더라도 휘트니 휴스턴이 부른 주제가

'I will always love you'를 못 들어본 분은 없을 것이다.

전직 대통령 경호원 프랭크 파머(케빈 코스트너)는

인기 여가수 레이첼 마론(휘트니 휴스턴)과 그녀의

여덟 살 아들의 경호를 맡게 된다. 제멋대로인 톱스타와

원칙주의자인 보디가드의 만남은 처음부터

삐거덕거렸다. "한잔할래요?"라는 레이첼의 말에

프랭크는 오렌지주스를 찾는다.

그런 모습은 레이첼에게 터프가이답지 않은

소심함으로 비쳤다.

프랭크의 신중한 고군분투에 위험한 상황은 계속되고

그들은 시골로 도피한다. 하지만 심야에 습격한
협박범은 레이첼의 언니를 죽이고, 레이첼과 아들을
지키기 위한 프랭크의 고민은 더욱 심각해진다.
언니의 장례식이 끝나고 그날 밤, 어두운 거실 소파에
혼자 앉은 남자. 오렌지주스가 든 잔에 비로소 낯선
술이 더해진다.
강하고 멋진 남자였던 케빈 코스트너의 선택은
러시아산 진짜배기 보드카 스톨리치나야였다!

나도 그리스인들과 함께 '홉빠' 하고 싶다

유명 배우 없는 흥행작으로 손꼽히는
〈나의 그리스식 웨딩〉은 제목대로 그리스 향이
물씬 풍기는 영화다.
주인공은 미국에 사는 그리스 노처녀
툴라 포르토칼로스(니아 발다로스)와 그녀가 첫눈에
반한 미국 남자 이안 밀러(존 코벳).
하지만 영화를 본 사람이라면 서른 명이 넘는
툴라의 가족들이 만들어낸 떠들썩한 풍경이
더욱 기억에 남을 것이다.
위대한 문명을 이룩한 조상에 대한 자부심이 남다른
아버지가 딸에게 바라는 소망은 건실한 그리스 청년과
결혼해 그리스 아기를 낳는 것.

하지만 딸은 도무지 신뢰할 수 없는 이방인과
사랑에 빠져버렸다.
목숨 걸고 반대했지만 역시 자식 이기는 부모는
없는 법. 두 사람의 결혼은 점점 기정사실이 되어간다.
그 시점부터 영화의 '그리스적' 특성이 본격적으로
드러나기 시작한다. 툴라는 사촌만 모두 스물일곱 명인
대가족. 그들은 수시로 모여서 '서로의 인생과 일에
대해' 끊임없이 간섭하며 술 마시고 먹고 떠든다.
그런 가족지상주의자들에게 가장 참견하고픈
'인륜지대사'는 바로 결혼이다.
미루고 미루었던 양가 부모의 상견례 날이 왔다.
툴라는 '조용히 식사나 하려고 했던' 그 자리에
가족들을 모두 불렀다는 것을 알고 긴장한다.
아니나 다를까. 이안의 부모가 도착했을 때
집안은 이미 일가친척이 모두 모인 흥겨운

바비큐 파티장으로 변해 있다.
서른 명이 넘는 대가족의 소개와 춤추고 떠드는 모습에
사돈 내외는 초장에 기가 질려버린다. 난생처음 보는
그리스 음식 앞에서는 차마 입에 넣을 엄두가 안 난다.
그때 그들 앞에 있는 작은 유리잔에 담긴 술도 낯설다.
어색한 미소를 지으며 원샷하고 나니 두 번째 잔이
권해진다. 이런 게 바로 그리스식 음주법일까.
툴라의 친척들은 끝없이 잔을 권하며 입을 모아
"홉빠"(파티)를 외친다. 이안의 부모는 금세 눈빛이
심하게 흔들린다.
우리 민족 못지않게 음주가무를 즐긴다는
그리스인들의 파티 문화를 만날 수 있는
〈나의 그리스식 웨딩〉에 등장하는 그 술이 바로
그리스의 대표적인 전통주 '우조Ouzo'다.
원래는 한 번 걸러낸 포도 껍질을 다시 압축해서,

이미 포도주를 만들고 남은 찌꺼기를 이용해서
만들었다. 그런데 현대적인 제조법으로 바뀌면서는
소주나 위스키처럼 곡물에서 나온 주정이 주재료가
됐다. 아니스와 향료를 첨가해서 강한 박하 향이 나는
특징이 있다. 냄새만 맡으면 한약재 향도 나고
치약 같기도 하다.
아무튼 46도 이상의 독주인데 어떤 종은 80도짜리도
있다고 한다. 영화를 멋모르고 따라 하다가는
위험(?)해질 수 있다. 보통 물에 타서 마시고,
소주처럼 투명한 술이 물을 만나면 우윳빛이 된다.
영화 〈나의 그리스식 웨딩〉의 떠들썩한
가족 파티 문화와 그 자리를 달구던 우조의 역할을 보면
참 '한국적'이라는 생각이 든다.
우조 역시 대표적인 우리 술 소주와 왠지 비슷하다.
그런데 그리스 주재원으로 오래 근무하고 돌아온

My BIG FAT GREEK WEDDING

친구의 말에 따르면 한국인이 가장 적응하기 어려운
나라가 그리스라고 한다. '빨리빨리'에 익숙한
우리로서는 그리스 전반에 만연한 '느릿느릿' 문화를
견디기 힘들다는 것이다.
그러고 보면 우리 사회는 이미 많이 바뀌었다.
모일 수 있는 대가족도 거의 없어졌다.
혹시 모였다 하더라도, 예전처럼 친척끼리
사생활에 간섭하거나 지나치게 참견하면 안 된다.
아무리 손윗사람이라도 '꼰대' 소리나 듣지
아무도 좋게 생각하지 않는다.
코로나 영향도 있겠지만 요즘은 우리도 처절하게(?)
술잔 부딪치는 자리가 많이 줄어들었다.
그랬던 시절이 가끔은 그립다.
그리스는 어떨까. 요즘도 일가친척이 모두 모여
술 마시며 '홉빠'를 외치는지 문득 궁금해졌다.

그리스 주재원 출신 친구에게 다시 전화를 했다.
그의 대답은 명확했다.

"오랜만에 한국에 돌아와서 보니
가족 문화든 술 문화든 정말 많이 변했더라.
그런데 그리스는 지금도 똑같아.
가족들이 모이면 무조건 우조지!"

'칵테일의 왕', 당찬 여자들의 선택

4만 달러짜리 '마티니 온더록스'를 들어보셨는지.
2004년 뉴욕의 어느 호텔에서 단 한 잔 만들어진
신종 칵테일이다. 엄청난 고가인 이유는 알고 나면
싱겁기 짝이 없다. 얼음 대신 4캐럿 다이아몬드를
사용했기 때문이다. 다이아몬드는 클수록 값이 비싸다.
맞춤형 주문 제작이어서 돈만 내면 누구나 마실 수
있었다고 한다.
'칵테일은 마티니로 시작해서 마티니로 끝난다'는
말이 있다. 진에 베르무트Vermouth(와인이나 브랜드에
당분, 향료, 약초 등을 넣은 혼성주)를 섞은 후
올리브로 마무리하는 이 무색의 투명한 칵테일은
재료의 배합 비율에 따라 다양한 맛과 향을 낸다.

1979년 미국에서 출판된 마티니 전문서적인
《더 퍼펙트 마티니 북The Perfect Martini Book》은 268종의
마티니를 소개했다고 하니 과연 '칵테일의 왕'이라
불릴 만하다. 그 오래된 책을 지금도 아마존에서
구입할 수 있다는 사실도 놀랍다.
최고 인기 칵테일답게 영화에도 자주 등장한다.
대표적인 마티니 마니아로는 007 제임스 본드가 있다.
마티니는 마시기 전에 저어주는 게 일반적이지만
본드는 바텐더에게 매번 당부한다.

"젓지 말고 흔들어서…."

마티니를 흔들어 마시면 암과 심장병을 예방하는 데
효과적이라는 연구 결과도 있다고 하지만
그리 대중화된 용법(?)은 아닌 듯하다.

아무튼 제임스 본드 덕분에 나도 흔들어서 마티니를
마신 적이 있다. 혀가 예민한 편이 아니라 무슨 차이가
있는지는 알 수 없었지만.
마릴린 먼로도 새로운 마티니 제조법을 개발한 적이
있다. 영화 〈7년 만의 외출〉에서 먼로는 마티니에
설탕을 넣어달라고 말한다.
이후 미국에서 '상식을 파괴하는' 설탕 마티니가
유행하기도 했다.
향긋한 향기와 강한 쓴맛이 매력인 마티니는
드라이하게 마시는 것이 정석이다. 즉 달콤하거나
약하게 마시는 칵테일이 아니라는 뜻이다.
헤밍웨이는 15:1의 초드라이 마티니를 마셨다고 한다.
그에 질세라 영국의 처칠 총리는 베르무트 병을
바라보면서 진만 마셨다는데, 이는 영국식 유머일 뿐
사실은 아니다.

아무튼 얼음 녹은 물마저 줄이기 위해 막 냉동고에서
꺼낸 단단한 얼음을 사용하는 것이 기본 원칙이다.
'다이아몬드 마티니'의 탄생 이유를 알 듯한 대목이다.
1950년대 미국 배경의 영화 〈모나리자 스마일〉의
중요 대목에도 마티니가 등장한다.
뉴잉글랜드의 명문 여대 웰슬리의 미술사 교수로
부임한 캐서린 왓슨(줄리아 로버츠)의 꿈은
진정한 여성 지도자를 양성하는 것.
하지만 여전히 보수의 그늘을 벗어나지 못한 그곳의
실상은 '현모양처를 기르는 신부 학교'였다.
처음에는 차가웠던 여학생들도 차츰 캐서린의 열정에
감화된다는 내용이다.
영화 중반부 캐서린이 초대된 비밀 클럽
'아담의 갈비뼈'에서 여학생들의 손에 들려 있던
칵테일이 바로 마티니였다.

MARTINI
MANHATTAN
GIN
VERMOUTH(DRY)
OLIVE
RYE
VERMOUTH(SWEET)
CHERRY

앞서 말했듯 마티니의 별명은 '칵테일의 왕'이다.
강한 알코올 성분으로 인해 아무래도 남성들이
주로 찾는다. 그렇다면 '칵테일의 여왕'은 없을까.
물론 있다. 마티니의 올리브 대신 붉은 체리로
마무리하는 맨해튼이 그 이름의 주인공이다.
칵테일 맨해튼은 뉴욕 맨해튼 배경의 드라마
〈섹스 앤 더 시티〉에도 등장했다.
사라 제시카 파커를 비롯한 여배우들의 손에 들린
붉은 맨해튼은 참 잘 어울리는 소품이었다.
그런데 똑똑하고 당찬 웰슬리의 여학생들은
왜 맨해튼이 아닌 마티니를 선택했을까. 1950년대는
여성들이 넘어야 할 벽이 많은 시대였다. 제자들을 그저
'지도자의 아내'가 아닌 '내일의 지도자'로 키우고
싶어 하는 스승 캐서린을 위해 여학생들이 준비한
어떤 각오의 상징은 아니었을까.

PART 4

술과 영화에 대한 색다른 이야기들

과거의 잘못은 모두 술 때문입니다

처음 영화감독 J를 만난 것은 어느 크리스마스이브 전날 밤이었다. 공적인 자리에서 오다 가다 몇 번 인사는 나눴지만 개인적인 만남은 처음이었다.
그해 J는 '흥행에는 완전히 실패하고 평단으로부터는 극찬을 받은' 대표적인 영화를 만들었다.
영화 기자에서 영화 제작자로 막 신분을 바꾼 나는 해가 바뀌기 전에 그의 얼굴을 제대로 보고 싶었다.
압구정동 고깃집에서 만난 우리는 동갑내기 싱글임을 반가워하며 흥겹게 갈빗살을 뒤집었다.
나는 초록색 소주병을 기울이며 "새로 창간되는 주간지에 '술과 영화'라는 칼럼을 쓰게 됐다"라고 그에게 말했다. 술은 뭐든 가리지 않는다는 J는

"술과 영화에 관해서라면 생각나는 아이템이
하나 있다"라며 반갑게 화답했다.

"클린트 이스트우드 영화인데 아마 보셨을 거예요.
〈용서받지 못한 자〉라고…."

이상했다. 그때 이미 취했던 것일까.
대체 그 영화를 봤는지 안 봤는지
도통 기억이 나질 않았다.
J의 말은 이어졌다.

"클린트가 알코올 중독잔데 오랫동안 술을 끊었어요.
바에서 누가 술을 권하는데, 마시고 싶은데
마실 수 없는… 엄청난 고뇌가 스민 눈빛…
그 눈빛을 잊을 수가 없어요."

하지만 다행히도(!) J와 나는 아직 술을 끊지 않았다.
병이 모두 비고 못다 먹은 안주가 딱딱하게 굳어지자
우리는 주저 없이 2차를 하기 위해 술자리를 옮겼다.

클린트 이스트우드에게 아카데미 감독상과 작품상의
영광을 안겨준 서부영화 〈용서받지 못한 자〉.
초야에 묻혀 살던 왕년의 잔인무도한 무법자
윌리엄 머니(클린트 이스트우드)와 역시 악명 높은
보안관인 빌 대거트(진 해크먼)의 자존심 대결.
하지만 격렬한 총격 신보다 더 인상적인 것은 상황에
따라 미묘하게 떨렸던 '인간'의 모습이다.
J의 추천사가 없었더라도, 영화에서 술이 차지하는
의미는 아주 특별하다.
한때 남녀노소를 가리지 않고 총질을 했던
악당 머니는 변화의 증거로 거듭 말한다.

"10년 동안 술을 한 방울도 마시지 않았어."

화려했던 무법자 시절을 자랑하기는커녕 진심으로
부끄러워한다.

"그때는 언제나 술에 취해 있었기 때문에
지금은 아무것도 기억나지 않아."

하지만 머니는 친구의 비참한 죽음을 전해 듣고
다시 술을 마신다. 복수를 위해 잔혹한 무법자로
되돌아간다. 보안관 빌과 떨거지들을 모조리 죽인 후
한 잔 더 마신다.
때는 1880년, 미국 와이오밍주의 '빅위스키'라는
인상적인 이름의 마을에서 일어난 일이었다.

UNFORGIVEN
FORGIVEN
RGIVEN

최근 거의 20년 만에 영화감독 J를 다시 만났다.
막 데뷔작을 개봉한 신인 감독이었던 J는
이제 많은 영화를 연출한 중견 감독이 되어 있었고,
나 역시 많은 필모그래피를 보유한 영화 제작자였다.
나는 오래전 그와 나누었던 대화를 어느 정도
기억하고 있었다.
하지만 그는 나를 알아보지 못하는 눈치였다.
벌건 대낮이었고 카페였다. 과거의 나였다면
그의 옷소매를 붙잡고 낮술 한잔 걸치러 갔을 것이다.
그런데 그때 나는 간에 문제가 생겨서 술을 전혀
마실 수 없는 상황이었다.
나는 마치 클린트 이스트우드처럼…,
마시고 싶은데 마실 수 없는…
엄청난 고뇌가 스민 눈빛을 그에게 지어 보였다.

만약 그날 함께 술을 마셨다면 J는 20년 전의 약속을
기억해낼 수 있었을까.
사실 이렇든 저렇든 중요하지 않았다.

앞에 놓인 게 술이든 커피든,
우리의 대화는 변함없이 젠틀하고 진실했으니까.

드라큘라는 와인을 마시지 않는다

"나는 결코, 와인을 마시지 않소."
영화 〈드라큘라〉토드 브라우닝 | 1931에 등장했다는
명대사를 직접 들은 것은 그로부터 63년 후에 만들어진
팀 버튼 감독의 〈에드 우드〉를 통해서다.
천둥 번개가 휘몰아치는 깊은 밤, 관 뚜껑을 열고
상체를 세운 묘한 분위기의 신사가 주인공을 소개한다.

"에드워드 우드의 진실을 감당할 자신이 있으십니까?"

이처럼 〈에드 우드〉는 할리우드 사상 최악의 감독이자
훗날 특이한 컬트 감독으로 기억되는 에드워드 D.
우드 주니어의 전기 영화다.

역시 괴짜 감독이지만 상업적인 성공과 명예를
함께 거머쥔 팀 버튼이 불운한 생애를 보냈던
대선배에게 보내는 헌사인 동시에 특이한
작품 세계를 고집하는 스스로에 대한 풍자이기도 하다.
영화에는 신념으로 좌충우돌하는
에드 우드1924~1978만큼이나 인상적인 또 한 명의
실존 인물이 나온다. 바로 드라큘라 연기의 전형을
세웠다고 평가받는 헝가리 출신의 할리우드 배우
벨라 루고시1882~1956다. 영화 〈에드 우드〉에서
벨라 루고시의 존재가 차지하는 비중은 제목을
'에드&벨라'로 바꾸어도 좋을 정도다. 영화는 감독
에드 우드와 배우 벨라 루고시의 만남에서 시작된다.
그리고 에드 우드 생애 최고 작품이자 벨라의 유작인
〈외계로부터의 9호 계획〉1958의 성공적인 상영으로
마무리한다.

에드우드
팀버튼
벨라루고시

복장 도착자인 에드(조니 뎁)는 트랜스젠더 소재의
영화가 만들어진다는 신문기사를 보고 영화사를 찾아가
감독을 자청한다. 하지만 주로 저질 영화를 만드는
제작사의 사장은 명확한 자기 가치관을 설파하며 그를
박대한다.

"나는 돈 될 영화를 나흘 만에 만들어줄
감독이 필요해."

실의에 빠져 한잔 하고 나온 에드가 들른 곳은
관을 파는 가게. 그곳에서 어린 날의 우상이었던
벨라(마틴 랜도)를 우연히 만난다.
이미 꿈을 잃고 죽음을 준비하는 벨라.
하지만 왕년의 대스타인 그는 낙담한 영화감독
에드에게 새로운 꿈이자 희망이었다.

"옛날 게 더 무서웠어. 고성古城과 보름달이 나왔지."

옛날 공포영화에 대한 그리움은 두 사람을 금세
친구로 만들었다. 그런데 우리는 영화를 통해 벨라에게
영혼의 벗이 한 명 더 있다는 사실을 알게 된다.
벨라의 입을 빌려 "하이테크놀로지가 만들어낸
프랑켄슈타인보다 낭만주의적 신비와 인간적인
연기력이 만들어낸 드라큘라가 더 가치 있다"라고
강조한 팀 버튼은 '와인은 안 마신다'라던
원조 드라큘라의 술 취향까지 기억했다.
영화 〈에드 우드〉의 장르는 드라마이면서 코미디다.
위기 상황마다 묘한 표정을 지으며 꿋꿋이 헤쳐 나가는
조니 뎁의 명연기가 웃음을 안겨준다.
하지만 영화감독이자 제작자였던 에드 우드의 삶은
고난의 연속이었다.

영화 자체가 '위대한 거장'의 성공 스토리와는
거리가 멀다. 오히려 숱한 욕을 먹으면서도 역경을
헤치고 몇몇 이상한 영화를 만들어낸 어느
이상한 영화감독의 기묘한 영화 인생을 담담하게
담았을 뿐이다. 에드 우드는 후배 영화인들이 존경할
만한 인생을 살거나 작품을 남긴 인물이 아니다.
하지만 나는 영화 작업이 힘들 때마다 영화
〈에드 우드〉를 다시 보며 힘을 얻는다. 영화에 대한
사랑과 열정만큼은 누가 그를 따를 수 있으랴.
그것 없이 어떻게 이 일을 계속할 수 있을까.
내 영어 이름이 에드ED인 이유다.
영화를 통해 만난 세 친구 에드 우드와 벨라 루고시,
그리고 팀 버튼.
나는 와인을 마실 때마다 그들의 이름을 떠올리곤 한다.

술고래도 '스카치'는 '워터'와 함께?

맞은편 바에 한 여자가 홀로 앉아 술잔을 기울인다.
남자는 첫눈에 같은 종족임을 알아차린다.
'미친 여자'라는 바텐더를 무시하고 말을 건다.
술 담배에 찌든 여자의 대답은 시니컬하다.

"사람들을 견딜 수 없어. 그들을 증오해. 당신도?"

남자는 전 재산을 털어 스카치위스키를 주문한다.
그리고 묻는다.

"당신은 뭘 하시오?"

돌아온 대답은 쿨했다.

"이렇게 술을 마시죠."

연극인 찰스 부코스키가 젊은 시절 로스앤젤레스
빈민가 술집에서 겪은 자전적 이야기를 영화화한
〈술고래Barfly〉는, 제목처럼 '술에 찌든' 영화다.
술주정뱅이 헨리(미키 루크)는 자신의 문학적 재능을
살리지 못한 채 언제나 바를 찾아 술을 마시고
싸움을 한다. 비슷한 처지의 술꾼들도 더러운
생쥐 취급하는 제정신 아닌 남자.
하지만 그는 항상 나지막이 읊조릴 뿐이다.

"절대 미치지 않는 사람들의 삶은 얼마나 끔찍할까."

항상 술에 절어 있다는 점에서, 그리고 미쳤다는 점에서
그 여자 완다(페이 더너웨이)는 처음부터 마음에 쏙 드는
짝이었다.
그날 밤 그들은 스카치위스키와 캔맥주를 사들고
완다의 아파트로 간다. 많이 취했는지… 그래선지…
대사 하나하나가 예술이다.
여자.

"한 가지만 명심해요. 난 사랑에 빠지고 싶지 않아요.
다시 휘말리고 싶지 않아요."

남자.

"안심해요. 아무도 날 사랑하지 않으니까."

하지만 다음 날 아침 술이 깨자 둘 다 말을 확 바꾼다. 남자는 간밤에 무슨 일이 있었는지, 갑자기 안 어울리는 선언을 한다.

"평생 술주정뱅이로 살 수 없잖소. 직업을 갖겠소."

그것이 거짓말이었다는 것은 두 번째 여자를 통해 드러난다. 적지 않은 원고료를 들고 헨리 앞에 나타난 문학 잡지 여성 발행인 톨리는 충고한다.

"술을 끊고 성공하는 삶을 선택하세요."

비로소 헨리는 자신의 단호한 술 철학과 문학적 신념을 드러낸다.

BARFLY
2 SCOTCH AND WATER

"술꾼이 되는 데도 재능이 필요하오.
인내가 있어야 하오. 인내는 진실보다 중요하오."

둘 사이에 술잔이 오가고, 거친 남자의 열정 앞에
무너진 돈 많은 여자는 애정 어린 제안을 한다.
하지만 헨리는 잘라 거절한다.

"진정으로 쓰는 사람은 아무도 평화롭게 쓸 수 없소."

1980년대의 남자 섹스 심벌 미키 루크가
〈라스베가스를 떠나며〉의 니컬러스 케이지에 앞서 펼친
리얼한 술꾼 연기가 영화의 포인트.
다양한 술병을 쌓아놓고 살던 니컬러스와 달리
미키는 스카치위스키와 맥주만 찾았다.
그런데 술 취한 완다가 다른 남자와 눈이 맞아

나간 날 단 한번, 스카치 워터를 주문했다.

속상할수록 술은 제대로 마셔야 한다?

원래 스카치위스키는 소다수나 미네랄워터와 함께

마시는 것이 정석이다.

'바에 들러붙어 술을 쪽쪽 빠는 파리'라는 뜻의

원제가 한국판에는 큰 몸집을 연상시키는

'술고래'로 번역된 점도 재미있다.

술에 대한 동서양의 인식 차이를 보여주는

하나의 사례가 아닐 수 없다.

브래드 피트는 억울하다!

한 남자가 얼굴이 상기된 채 술집으로 들어선다.
인생의 희소식을 사랑하는 동생에게 가장 먼저 전하기 위해 이곳을 찾은 그는 특별한 축하주를 주문한다.

"맥주에 위스키 탄 거 두 잔!"

DVD 한글 자막이 그렇다는 말이고, 원래 영어 대사에는 '보일러 메이커boiler maker'라는 단어가 사용된다. 영어 사전은 '보일러 제조업자'라고 해석하지만 물론 영화에서는 그런 뜻일 리 없다.
수수께끼는 영화를 통해 바로 풀린다.
바에 맥주잔과 위스키 잔이 함께 놓인다.

우리도 흔히 하는 것처럼, 양주잔을 맥주잔 속에
그대로 '골인'시킨 후 서서히 들이켠다.
영화 〈흐르는 강물처럼〉에 담긴 '서양식 폭탄주'
장면이다.
성질 급한 한국인이 폭탄주를 처음 개발한 것으로
아는 사람이 많다. 그 유래에 대해서도 '검찰론'과
'군부론'이 각축한다. 하지만 위스키가 우리 것이
아니듯, 맥주와 위스키를 섞은 폭탄주의 원조가
한국일 수는 없다. 영화 〈흐르는 강물처럼〉의 배경은
1900년대 초의 미국이다. 말론 브란도 주연의 고전
명작 〈워터프론트On the Waterfront〉엘리아 카잔 | 1954에는
더욱 고전적인 미국식 폭탄주가 등장한다.
도수 높은 술과 맥주를 연달아 '원샷'하는 주법이
그것이다. 아무튼 섞어 마시면 빨리 취한다는
기본 원리는 같다.

그런데 '서양 폭탄주' 보일러 메이커는 술을 즐길
시간적 여유가 없는 노동자 계층에서 유래했다고 한다.
한국과 서양의 폭탄주 문화의 가장 큰 차이도
'애용 계층'에 있다. 한국의 경우 위스키는 물론
맥주도 값비싼 고급 주종에 속했던지라 웬만한
경제적 여유 없이는 즐길 수 있는 술 문화가 아니었다.
'노동자의 술' 보일러 메이커와는 달리 한국의
폭탄주는 대부분 룸살롱 같은 '돈 많고 시간도 많은'
고위층의 술자리에서 개발됐다.
아무튼 창의성이 뛰어난 민족답게 한국의 폭탄주는
다양하게 변형됐다. 영화 〈질투는 나의 힘〉에는
'타이타닉주'가 나온다. 맥주잔 위에 띄운 양주잔에
돌아가면서 조금씩 양주를 첨가한다.
양주잔을 침몰시키는 사람이 벌주로 마시는 이른바
'양맥' 폭탄주다.

BOILER MAKER

그런데 이는 폭탄주 본연(?)의 정신에 위배되는
변형이다. 모든 참가자가 동등하게 취해야만 한다는
'공동체 의식'이 바로 한국형 폭탄주 문화의
핵심이기 때문이다.
브래드 피트 주연의 〈흐르는 강물처럼〉은
미국 영화에서 폭탄주가 등장하는 대표적인 사례를
만들었다. 그런데 사실 그는 좀 억울하다.
기쁨에 넘친 형이 먼저 원샷을 했지만
브래드 피트는 그저 위스키 잔만 비웠다.
유명한 죄 때문에 우리는 '보일러 메이커' 하면
애꿎은 브래드 피트만 떠올린다.

이소룡은 게임도 안 됩니다

이소룡 세대에게 바치는 영화
〈말죽거리 잔혹사〉는 친절하게도 그다음 영웅을
소개하며 끝을 맺는다.
'오로지 싸움에 이기기 위해' 창조된 무예
절권도의 가르침에 따라 쌍절곤으로
사고를 치고는 교복을 벗은 검정고시생
현수(권상우)의 극장 나들이.
1979년 개봉 당시 서울에서만 70만 명을 웃도는
관객을 동원하며 초유의 흥행 기록을 세웠던
홍콩 영화 〈취권〉이 그날의 프로그램이었다.
절권도 마니아인 현수는 친구 햄버거(박효준)에게
묻는다.

"이소룡 영화보다 재미있냐?"

햄버거의 대답은 명확했다.

"야, 이소룡이 게임이 되냐? 성룡, 저 새끼 골 때려."

이처럼 '근엄한 영웅' 이소룡과 '황당한 광대' 성룡은
극단적인 대비를 이룬다.
미소 띤 얼굴조차 기억나지 않는 이소룡.
반면 성룡은 웃음을 빼고는 생각할 수 없다.
또한 젊은 나이에 요절한 이소룡과 달리 성룡은
1970년 데뷔한 이래 물경 지금까지 스크린 스타의
자리를 지키고 있다. 그런데 〈취권〉이 아니었다면
오늘날의 할리우드 스타 재키 챈도 없었을 것이다.
영화 속의 '취권'은 말 그대로 '술에 취해서 행하는'

권법. 다르게 표현하자면 '맨정신으로는 안 되고
술에 취한 상태에서만' 가능하다는 뜻이다.
그 후 오랫동안 홍콩 무협영화의 기본 틀처럼 사용됐던
영화 〈취권〉의 스토리는 단순하다.
평소에는 장난이 심하고 무술 수련을 게을리 하던
청년 황비홍(성룡)이 떠돌이 무술 고수인 스승
소화자를 만나 새로운 권법을 익혀 아버지의 복수를
한다는 내용이다. 새 권법이 바로 영화 속에서는
'취팔선'으로 불렸던 취권이다.
항상 지나치게 경직됐던 이소룡과 달리 〈취권〉의
성룡은 인간적이고 친근한 영웅이다.
멀쩡한 상태에서는 흠씬 두들겨 맞다가 술만 마시면
강해지는 이상한 권법은 코미디 쿵푸라는
새로운 장르를 개척했다. 관객들은 무협영화를 보는
새로운 맛에 폭소를 터뜨렸다.

醉拳
취팔선권

성룡 팬이라면 그의 영화에서 좀처럼 보기 힘든

세 가지를 쉽게 찾아낼 수 있을 것이다.

첫 번째가 욕설이나 섹스 신. 두 번째가 흡연 신.

세 번째가 바로 음주 신이다.

그 이유에 대해 성룡은 "내 영화는 온 가족을

위한 것"이라고 설명한다. 하지만 음주 장면만큼은

출세작인 〈취권〉에서 원 없이 보여줬기 때문은 아닐까.

〈취권2〉1994 에서는 술이 없어 공업용 알코올을

들이켠 후 취권을 구사했다고 한다.

가장 궁금한 점은 역시 '취권'이 실제 무술인지

영화가 만들어낸 허구인지의 여부다.

'취권'은 중국에 분명 존재하는 무술이지만

실제 술에 취한 상태에서 강해진다는 것은

영화적 설정이다.

실제 '취팔선'은 술을 마셔야만 힘이 발현되는

무술이 아니라 술에 취한 여덟 신선의 모습을
형상화한 것이라고 한다.
1954년생이니 이제 69세 노인이 된 지금도 꾸준히
액션영화에 주연 배우로 출연하고 있다는 점이 놀랍다.
중국과 인도의 합작 영화 〈쿵푸요가〉는 2017년
개봉 당시 중국 역대 박스오피스 5위에 오를 정도로
히트를 쳤다.
성룡의 〈쿵푸요가〉는 내가 유일하게 투자자로 참여한
외국 영화이기도 하다. 한국의 경우 성룡의 인기는
이미 저물었는지 중국에서와 같은 흥행을
맛보지는 못했지만, 그로 인해 웃고 가슴 졸였던
어린 날을 보냈던 나로서는 성룡의 영화에 내 이름을
함께 얹었다는 사실만으로도 큰 감격이 아닐 수 없었다.

술 안 권하는 사회는 더욱 위험하다?

옛날 옛적 미국에는 술을 마시는 것은 물론 만드는
행위 자체가 불법이던 시절이 있었다. 사실 그리 오래된
일도 아니다. 미국 수정헌법 제18조에 의해
1920년부터 금주법이 전국적으로 시행되었다.
우리 상식으로도 말도 안 되는 법률을 10년 이상
지속시킨 것을 보면 과연 청교도들의 나라답다는
생각도 든다.
대부분의 사고가 술 때문에 일어난다고 말한다.
그렇다면 금주법 시대에는 사건 사고가 전혀 없었던
태평천국이었을까? 실상은 정반대였다.
금주법의 가장 큰 수혜자는 알 카포네로 대표되는
마피아 조직들이었다.

오늘날 우리가 많은 마피아 영화를 보게 된 것도
알고 보면 금주법 덕분(?)이다.
〈원스 어폰 어 타임 인 아메리카〉는 금주법 시대를
배경으로 한 영화 중에서도 손꼽히는 수작이다.
이탈리아 출신의 세르지오 레오네 감독은 이 작품 전에
서부영화를 주로 연출했다. 클린트 이스트우드 주연의
〈황야의 무법자〉, 테렌스 힐 주연의 〈무숙자〉 등
마카로니 웨스턴 마니아라면 안 봤을 리 없는
작품들이 그의 손에서 만들어졌다.
또 다른 마피아 소재 영화의 대표작인 〈대부〉가
프랜시스 포드 코폴라 이전에 레오네에게
먼저 연출을 제안했다는 사실은 이미 유명하다.
너무나 힘들게 만들어졌고, 결국 그의 유작이 된
이 명작에 얽힌 사연과 에피소드들은 많지만
여기서는 다루지 않는다.

소년 시절 살인을 저지르고 수감됐던
누들스(로버트 드니로)는 성인이 되어서야
자유의 몸이 된다.
두부 대신 창녀를 운구차에 태우고 교도소 문 앞에서
기다리던 '친구' 맥스(제임스 우즈)는 이미 호황에
익숙해진 모습이었다.

"금주법 시대에 밀주 운반은 장의사 차보다
더 좋은 게 없어. 노는 것보다 일이 먼저야.
정말 바쁜 나날이지."

오랜만에 세상 빛을 본 누들스가 처음 간 곳은
흥청거리는 지하 비밀 술집. 금주법을 비웃으며
철야 영업하는 그곳의 벽에 붙은 파이프에는
스카치위스키가 흘렀다.

"밀주로군. 비용이 얼마나 들지?"

"총 경비 포함… 공짜야."

위스키가 채워진 커피 잔 다섯 개가 공중에서 부딪쳤다.
하지만 금주법이 폐지되자 그들은 순식간에
실직(?) 상태가 된다.
때는 1933년, 이제 더 이상 불법 영업이 아닌
지하 술집에서 그들은 마지막 건배를 한다.

"지난 10년간은 우리 인생의 봄날이었어."

밀주 사업은 검은 세력들에게 든든한 자금줄이었다.
결국 마피아가, 오늘날 우리가 아는 무시무시한
조직으로 발돋움하는 계기가 되었던 것이다.
희한하게도 금주법 시대를 배경으로 하는 영화 중에는

WHISKEY
LIQUR

PROHIBITION
ONCE UPON A TIME
IN AMERICA

탁월한 명작이 많다. 로버트 드니로가 알 카포네로 분한 〈언터처블〉브라이언 드 팔마 | 1987이 있고, 브래드 피트의 젊은 날이 담긴 〈가을의 전설〉은 또 어떤가. 최근작으로는 레오나르도 디카프리오의 〈위대한 개츠비〉바즈 루어만 | 2013가 있다.
개츠비 역시 금주법 시대의 주류 밀매 사업으로 막대한 자금을 모았다.
금주법이 시행됐던 미국의 1920년대는 아직도 '광란의 시대'로 기억된다. 범죄와 음모, 그리고 배신의 영화 〈원스 어폰 어 타임 인 아메리카〉에는 '술을 못 마시게 했던' 사회의 비극과 부조리가 담겨 있다.

합환주, 달빛 아래 몰래 빚어진…

1952년 미국 켄터키주의 어느 숲속.
밀주를 만들어 파는 당돌한 꼬마가 있다.
훗날 '포르노의 제왕'으로 미국 전역을 뒤흔드는
래리 플린트의 유년 시절. 꼬마가 만든 위스키는
맛이 좋았는지 단골고객까지 있었다.
사업가 기질이 충만한 래리는 귀한 상품을 몰래
축내는 친아버지마저 용서하지 않는다.
항아리를 얼굴에 던져 린치를 가하고 도망친다.
그때부터 이미 그의 생각은 명확했다.

"나는 정직하게 돈을 벌고 싶다."

국내에는 그저 〈래리 플린트〉라는 싱거운 제목으로
개봉됐지만, 영어 원제는 의미심장하다.
〈사람들 vs. 래리 플린트The People vs. Larry Flynt〉.
즉 래리 플린트라는 독특한 사고방식의 남자가
미국 사회의 주류 또는 보편적 가치관에 맞서 어떻게
싸워왔는지를 압축적으로 보여주는 제목이다.
2달러짜리 밀주를 팔던 꼬마는 20년 후 오하이오주
신시내티의 스트립 바 '허슬러고고클럽'의 사장이
된다. 금주법 시대가 막을 내린 후에도 밀주 사업은
여전히 돈이 되는 분야였다. 술만 팔아서는 큰돈
못 번다는 인생 진리를 일찍부터 깨달았던 그는
클럽의 여종업원들에게 비키니 차림으로 일하게 했다.
도입부의 어린 시절만 봐서는 '래리 플린트' 위스키
브랜드가 태어날 법했다. 사실 래리는 열여섯 살에
미국 위스키 업계의 총아가 됐던 잭다니엘을 능가할

재목이었다. 하지만 그는 '장인'보다는 '사업가' 체질이었다. '좋은 술맛 내기' 따위에 인생을 낭비할 생각은 없었다. 더 큰 돈이 되는 일을 해야 하는 운명이었다.

그는 아이디어를 금방 떠올렸다. 바의 파산을 앞두고 그는 손님들의 관심을 끌기 위한 클럽 소식지를 발간했는데, 이것이 바로 미국 사회를 떠들썩한 논쟁 속으로 몰아넣게 되는 도색 잡지 《허슬러》의 시작이다. 이후 래리는 미국 사회를 상대로 전쟁을 치르게 된다.

파란만장한 삶이었지만 래리의 여자는 평생 단 한 명이었다. 클럽 스트리퍼 지원 첫날 눈 맞았던 화끈한 여자 알시아(코트니 러브)가 바로 그녀다.

래리가 총격을 당해 반신불수가 되고 술과 마약으로 몸과 마음이 망가졌을 때도 알시아는 항상 래리의 곁에 있었다.

둘의 운명적 만남을 기념한 술이 있다. 내일이면
미성년자가 아니라는 여자의 말에 반색하며 남자가
꺼낸 사각형 유리병에 담긴 '그들만의 합환주合歡酒'.
'밀주'라는 한글 번역 자막은 싱거웠지만
알시아의 입에서 나온 '문샤인moonshine'이라는 원어는
감미롭다. 그런데 미국에는 밤에 몰래 만든다는
의미에서 유래한 문샤인 외에도 밀주를 지칭하는
시적인 별칭들이 더 있다. 산이슬mountain dew,
하얀 번개white lightning, 불타는 물firewater….
그런 이름이 붙게 된 이유를 짐작하는 것은
어렵지 않다.
차가운 이름과 달리 불같이 뜨거운 감자 밀주,
달빛 아래 만들어진. 뭔가 비밀스럽고, 화끈하고,
불법적이고, 낮이 아닌 밤의 문화권에서 칭송받는…
마치 두 연인의 어둡고 심상치 않은 미래를

MOONSHINE

암시하는 듯한… 문샤인은 그들만의 사랑과 믿음의 묘약이었다.

일찍이 문샤인의 제왕이 될 뻔했던 래리는 '다른 분야'에서 세계사에 남는 인물이 되었다.

그는 평생을 술과 쾌락에 파묻혀 살았다.

하지만 그날 알시아와 나눈 문샤인은 래리 생애 최고의 달콤하고 화끈한 술이었을 것이다.

모든 영웅은 술자리에서 만들어진다

언젠가 '무용담'이라는 영화를 구상한 적이 있다.
술자리에 마주 앉은 서너 명의 남자들이 펼치는 각자의
무용담을 옴니버스 형식으로 만들자는 아이디어였다.
발상은 어느 술자리에서 불현듯 떠올랐다.
그때 나는 "어떤 남자든 술 한잔 들어가면
자기 인생의 가장 화려했던 혹은 가장 고통스러웠던
시절을 무용담처럼 떠벌리지 않느냐"라며 마치
대단한 발견을 한 듯 떠들었다.
하지만 대부분의 기막힌(!) 기획안이 그렇듯,
옴니버스 영화 '무용담' 프로젝트도 그 술자리가
파하자마자 곧바로 유명을 달리했다.
술을 마시다가 '이제 나도 나이가 들었구나' 하고

느낄 때가 있다. 바로 현재나 미래가 아닌 과거의 일을

안주 삼고 있는 자신을 발견할 때다.

왜 이미 지나간 일들은, 술만 취하면 종종 '과장된

형태로' 발설되는 것일까.

술만 취하면 문득 떠오르는 '내 인생의 영화'가

한 편 있다. 지금은 할리우드 감독 '존 우'가 된 오우삼.

그리고 적룡, 장국영, 주윤발, 이자웅 등 추억의 이름들.

고등학교 시절 '나의 말죽거리'였던 천호동 골목골목

박혀 있던 재개봉 동시상영관에서 만난 홍콩 영화

〈영웅본색〉은 멋지게 읊조렸다.

"강호의 의리는 땅에 떨어졌지만 영웅은 살아 있다!"

주윤발은 '싸나이 영화' 〈영웅본색〉에서 기억될 만한

술자리 무용담을 남겼다. 경찰이 된 동생

아걸(장국영)을 위해 암흑가를 떠나려는 보스
송자호(적룡)와의 술자리. 조직 후배 소마(주윤발)는
아직 애송이인 아성(이자웅)에게 '두목이 되는 법'을
가르친다.

"총구가 머리에 닿는 걸 당해봤나?
벌써 12년이 지났어. (…)
내 실언이 그쪽 두목을 화나게 했는데
두 개의 총구가 내 머리를 겨냥하며 위스키 한 병을
마시라는 거야. 난 겁이 나서 바지에 오줌을 싸고
호형이 대신 마셔버렸지. 이윽고 네 개의 총구를
또 내밀며, 뭘 마시라 했는지 알아? 오줌이야.
이런 게 정말 배우는 거야. 첫 번째 사업은 이렇게
성공했지. 난 그때까지 울어본 적이 없어.
그런데 처음 눈물을 흘렸지."

영 웅 본 색
英雄本色

그런데 말이다.
나에게는 성냥개비 잘근잘근 씹으며 심각했던
주윤발보다 더 멋진 인물이 있었다.
떠벌이 주윤발 옆에서 미소로 술잔 기울이다가
단 한마디를 던진 적룡.

"지난 일은 모두 잊어."

어느 여름 홍콩의 연회장에서 적룡을 만났다.
그때 나는 홍콩과 중국, 그리고 한국이 합작하는
어떤 영화의 프로듀서로 일하고 있었고, 그 자리는
성대한 제작 발표회에 이어진 저녁 만찬이었다.
적룡 외에도 많은 홍콩 영화계의 거물급 인사들과
스크린을 통해 낯익은 배우들이 속속 들어섰다.
하지만 내 눈에는 저편에 앉아 있는 적룡만 보였다.

결국 이과두주 몇 잔에 용기를 얻은 나는
그에게 다가가 털어놓고 말았다.

"당신은 내 어린 날의 영웅이었소."

취중에도 나는 〈영웅본색〉의 영어 제목
'A Better Tomorrow'를 더듬었고, 적룡은
한국의 젊은 영화 프로듀서가 자신의 아주 옛날 영화를
좋아했다는 사실을 매우 놀라워했다.
실제로 나는 주윤발보다도 장국영보다도,
적룡의 무게감을 더 좋아했다.
많이 취해서 그랬는지, 그날 밤의 폴라로이드
투샷 사진을 챙겨오지 못했다. 한국에 돌아온 후에야
문득 생각이 나서 많이 아쉬웠다.
그를 만날 기회가 또 있을까.

만약 그때 두고 온 사진 이야기를 꺼내면
적룡은 내게 이렇게 말할 것 같다.

"지난 일은 모두 잊어."

그림

김성욱

술을 좋아하는 일러스트레이터. 블로그 '초보 드링커를 위한 안내서'에 술을 소개하는 글과 그림을 올리고 있다.
술을 좋아하는 사람이라면 누구나 관심 있을 만한 자격증인 조주기능사를 공부하며 술에 대해 좀 더 알게 되었다. 그간 경험하지 못했던 차분한 시간을 선사해준 첫 위스키 잭다니엘, 그리고 위스키의 매력적이고 신비로운 풍미를 처음으로 알게해준 아드벡 10에 멱살 잡혀 위스키의 세계로 끌려 들어갔다. 그렇게 만난 위스키는 지금까지 종종 위로가 되어주기도 하고 재미난 이야기를 들려주기도 한다.
앞으로도 계속해서 술을 즐기고 그림을 그리며 살기 위해 노력을 다할 생각이다.

술픈 영화

1판 1쇄 인쇄	2022년 6월 15일
1판 1쇄 발행	2022년 6월 30일
지은이	김현우
일러스트	김성욱
펴낸이	백영희
펴낸곳	(주)너와숲
주소	04032 서울시 금천구 가산디지털1로 225 에이스가산포휴 204호
전화	02-2039-9269
팩스	02-2039-9263
등록	2021년 10월 1일 제 2021-000079호
ISBN	979-11-92509-00-6 03810
정가	18,000원

이 책을 만든 사람들

교정	오효순
홍보	박연주
디자인	지노디자인
마케팅	배한일
제작처	예림인쇄